映画脚本・三浦駿斗
ノベライズ・百瀬しのぶ

●●

99.9
—刑事専門弁護士—
THE MOVIE

扶桑社文庫
0751

斑目法律事務所

本書は映画『99.9―刑事専門弁護士― THE MOVIE』のシナリオをもとに小説化したものです。

小説化にあたり、内容には若干の変更と創作が加えられておりますことをご了承ください。

なお、この物語はフィクションです。実在の人物・団体とは関係ありません。

日本の刑事裁判における有罪率は九十九・九％。
いったん起訴されたら、真相はどうあれ、ほぼ有罪が確定してしまう。
この物語は、そうした絶対的不利な条件のなか、
残りの〇・一％に隠された事実にたどり着くために、
難事件に挑む弁護士たちの物語である。

1

切り立った断崖絶壁に、波が打ちつけては砕け散る。

風が強く、吹き飛ばされそうだ。

一歩踏みだすごとに、心を全集中せねばならない。

波の音と潮の香りに包まれながら、一歩一歩、岩場を歩いてるのは、斑目(まだらめ)法律事務所・刑事事件専門ルームを希望し、めでたく配属された新米弁護士・河野穂乃果(こうのほのか)だ。

「深山(みやま)師匠と出会ったのは一か月前。私の弁護人としてのはじめての案件。気仙沼で土ぼこり舞うなかで何度も走ったはじめての再現。そして、事実を見つけるためにダンプにひき殺されそうになった、はじめての体験。ＹＯ！　韻踏むのはなかなか大変」

吹き荒ぶ風のなか、ひたすら足元を見つめて歩いているうちに、この一か月のことを呪文のように口の中で唱えていた。いや、呪文というよりも、ほとんどラップ調に韻を踏んでいた。無意識のうちに心の中でラップしてしまうぐらい、穂乃果が刑事事件専門弁護士の深山大翔を師匠として慕う気持ちはまっすぐだ。

穂乃果はヨシツネ自動車の会長、若月昭三の孫娘だ。若月は穂乃果をゆくゆくは自社の顧問弁護士にしたいと思っているようだが、正義感の強い穂乃果は、刑事事件の弁護士を強く希望した。若月は懇意にしている弁護士・佐田篤弘に、穂乃果を企業向け民事の弁護士として育ててほしいと頼み込んだ。ちょうど斑目法律事務所のマネージングパートナーに就任したばかりだった佐田は、引き換えにヨシツネ自動車の関連企業の顧問を任された。

だが穂乃果はその頃、深山と出会っていた。

はじめて担当した案件で弁護士を外された穂乃果の代わりに、深山が担当となったのだ。深山はその際、穂乃果が見逃していた〝事実〟の実証のため、気仙沼へと出向いた。お金に固執しないため、常に金欠の深山のためにタクシー代と新幹線代を出し、同行したのだが、その際の深山の手腕に心底感動し、師匠と仰ぐようになった。

祖父・若月のコネで入れられた斑目法律事務所に深山が所属していたという偶然もあり、刑事事件専門ルームで働いている。だが、若月には民事事件を担当していると、嘘をついている。

足場は悪い。風は強い。下手すると海に落ちる危険もある。

だが、穂乃果は一歩一歩、岩場を踏みしめて、進んでいた。

そんな穂乃果の数メートル後ろを追ってくる男がいた。

その男の手には、鉄パイプが握られている。斑目法律事務所・刑事事件専門ルームに所属する万年パラリーガルの、明石達也だ。

「僕が一番なんだ。僕が一番」

明石も穂乃果同様、ぶつぶつとつぶやいていた。

二十数年間、司法試験に落ち続けている明石は、十数年前から深山と共に働いている。都合のいい使いっ走りのように見えなくもないが、深山独自の現場の再現実験では誰よりも力を発揮するし、防犯カメラの映像を借りるときなど、無茶な頼みごとをするには明石の土下座ならぬ〝土下寝〟は効果てきめんだ。

明石当人としては、自分こそが深山の立派な片腕のつもりだ。

深山と共に斑目法律事務所に入ったとき、若手弁護士の立花彩乃がいた。しばらくすると彩乃がアメリカに留学し、後任は自分だと豪語していたが、司法試験には毎年不合格。その後、元裁判官の尾崎舞子が入ったときには、明石が狙っていたデスクに座った舞子を勝手にライバル視していたが、舞子は少し前に裁判官に戻った。

今度こそ弁護士として自分が深山の相棒に！　……と思っていたところ、深山を師匠と敬う穂乃果が現れた。金魚のフンのように深山にまとわりつく穂乃果は、明石にとって目の上のたんこぶだ。なんとも鬱陶しい。

それもこれも自分がいつまでも司法試験に合格しないせいなのだが、その事実は棚に上げ、自分より二十歳も若い穂乃果……しかも、明石が落ち続けている司法試験に若くして合格した優秀な穂乃果に、またしても勝手に対抗心を燃やしている。

「僕が一番、深山の相棒に相応しいんだ。河野穂乃果だ？　弁護士になりたてのたかが漫画女子の貴様に……深山の相棒をやらせはせん。この俺がいる限りはやらせはせん！」

明石は岩場を飛ぶようにしてスピードを速め、鉄パイプを振り上げながら、穂乃果に襲いかかっていった。

「尾行してたのかー！」

足音に気付いた穂乃果が振り返った。

「やらせはせんぞぉぉぉっ！」

明石は穂乃果に追いつき、鉄パイプを振り下ろした。

「うわ――――――――!」

穂乃果の体が揺らぎ、崖の下に転落し……。

「ぽちゃん」

穂乃果本人の声が、あたりにこだました。


「はい、カット。ダメ」

少し離れた岩の上から、深山が声をかけた。

「明石さん、そんな理由で襲いかかったら完璧な再現にならないでしょ」

深山が言うように、明石が穂乃果を殴ろうとしたのは、事件の再現だったのだ。落ちていく演技をしていた穂乃果が、岩の陰からひょっこり顔を出した。穂乃果は被害者の『東野(ひがしの)』、明石は加害者の『加賀(かが)』の名札をそれぞれ首から下げている。

「あふれ出す気持ちを押さえ切れなかった」

明石は言った。

「なんて?」

深山が聞き返してくる。

「あふれ出す気持ちを押さえ切れなかったんだよ」

「なんて？」

「『なんて』って聞こえてたんだろ！」

明石が言い返すと、深山がたどたどしく岩を降り、近づいてきた。

「時間かかってんな」

明石が茶々を入れる。

「う〜ん……、これじゃあ、おかしいよね」

深山は考え込んだ。

「From（フロム） the（ザ） situation（シチュエーション）！　師匠！　私もそう思いました」

穂乃果は即座に同意した。

「やめろ、その漫画キャラ！」

明石も間髪入れずに穂乃果に指摘した。穂乃果は大好きな漫画『ロボット弁護士B』のキャラクターのセリフを真似ているのだが、明石の言葉には構わずにあたりを歩いてみた。穂乃果の足元はショートブーツだ。岩場を歩くと大きな足音が立つ。

「Command（コマンド） silence（サイレンス）！　ここは岩場なので、歩くとこのように音がします」

「警察は後をつけてきた加賀さんが東野さんを襲ったと考えているけど、こんな音がしたら東野さんは途中で気付いたんじゃないかな」

深山は言った。

「じゃあ、どういうことだ？」

明石は深山と穂乃果を見た。

「う～ん……」

穂乃果は考え込んだ。

*

――数日前、深山と穂乃果は拘置所の接見室で拘留中の加賀郁夫と向かい合っていた。

「では事件のことを伺います。加賀さん、あなたは一か月前の五月三日――」

いつものように、加賀の生い立ちを何時間かかけて聞いた後で、深山は切り出した。

「神奈川県にある不里崖の上から、東野奏太さん・三十二歳を突き落としたとして殺人罪で起訴されています」

透明なアクリル板の向こうで、長髪で髭を生やした加賀がうなだれた。

「はい！　事件当日、あなたは帰宅途中の東野さんを尾行すると、現場となった崖で襲いかかった。あなたと東野さんの二人は同じ漁協の漁師で、漁場の縄張りを巡って争いが絶えなかったそうですね」

穂乃果は元気よく、資料を見ながら深山に説明した。手元のノートにはすでに加賀から聞いた生い立ちがびっしりと書き込まれている。

「でも、だからって殺そうなんて思いません。俺はあいつから呼び出されて、待っていたら突然襲われたんです」

加賀は、東野に呼び出され、岩場で待っていた。すると、東野が突然、襲いかかってきた。抵抗してもみ合いになり、東野を思いっきり振り払ったところ――。

「あ――――」

東野は崖の下に落ちていった。

加賀はとんでもないことをしてしまったと思ったが、もうどうしようもなかった。

「本当ですか?」

話を聞き終えた穂乃果は、加賀に確認した。

「あいつからは前から嫌がらせや脅迫を受けていて、警察に被害届も出してたんです。でも、まともに対応してくれなくって……」

「正当防衛を主張するってことですか?」

深山は確認した。

「はい。俺は仕方なく抵抗しただけで、殺すつもりなんてありませんでした。いまさらうるさい遠吠えと思うかもしれないけど。これは正当防衛だ。信じてくれよ、弁護士さん。あんたたちの返答次第じゃ天と地だ。生と死がかかってんだよ！　目を見てくれりゃわかるでしょ！」

加賀はラップ調で訴え、アクリル板に人さし指と中指を押し付けた。そこに深山も指を合わせる。穂乃果は無言で深山を見つめた。

「……そうですか」

深山は言った。

「はい」

加賀はうなずいた——。

＊

「う～ん」

崖の上で、穂乃果はまだ考えていた。

「実際は加賀さんが言っていたことが正しかった、としたら」

深山は言った。

「え？」

穂乃果は顔を上げた。

「東野さんが……」

と深山はまず『東野』と名札を下げた穂乃果を指し、

「加賀さんを待ち伏せしていた」

今度は『加賀』の名札を下げている明石を指す。

「待ち伏せしてたって、どこで？」

明石はあたりを見回した。

「たとえば……あそこは？」

深山はある一角を指した。三人でそこへ向かってみると、大きな岩があり、その影に隠れることはじゅうぶん可能だ。

「たしかにここなら加賀さんが来たらすぐにわかるな」

明石は言った。

「待ち伏せするにはもってこいの場所ですね」

穂乃果もうなずいたが、

「……あれ？」

深山は近くに黒い色のコーヒーの空き缶が落ちているのを見つけ、白い手袋をはめて拾い上げた。

「吸い殻……」

中には、たばこの吸い殻が入っていた。


深山たちが斑目法律事務所に帰ってきた夜――。

刑事事件専門ルームのホワイトボードには、今回の事件概要と相関図がきれいに書かれていた。

机の上には、今週発売の週刊誌のあるページが、開いた状態で置いてあった。この事件は週刊誌でも取り上げられていて、その記事内では加賀が犯人だと決めつけられ、顔写真もばっちり載っている。

その週刊誌の上に、穂乃果は『ロボット弁護士Ｂ』の新刊を置いた。

「待ちに待った新刊。早く読みたいンデス！」

「それ、娘から借りてもう読んだ」

藤野宏樹（ふじのひろき）が漫画の内容を言いそうだったので、

「言わないでください！」

穂乃果は慌てて制した。そんなやりとりを聞きながら、中塚美麗はメールをプリントアウトしていた。藤野も中塚もパラリーガルとして深山のアシスタントをしている。

「『大科学研究所』から鑑定の結果が上がってきました」

と、みんなに鑑定結果の資料を見せた。

「現場に落ちていた空き缶の中の吸い殻から、殺された東野さんのＤＮＡが検出されたそうです。銘柄は、東野さんが吸っていたものと同じ煙草の銘柄です」

「待ち伏せしている間に吸ってたってことですね」

穂乃果は言った。

「よし、これで加賀さんの正当防衛を主張できるな」

明石も力強くうなずいた。

「博士は言った。その疑問が事実に近づく第一歩だと」

穂乃果は指で宙を切るようにして、芝居がかった口調で言った。これも穂乃果の愛読漫画『ロボット弁護士Ｂ』の中のお気に入りのセリフだ。

「うるせえなあ」

明石が鬱陶しそうにしているが、

「Bのセリフ！」

藤野は笑顔で穂乃果に同調した。だが、盛り上がるのは二人だけである。

「つーか博士って誰だよ」

明石はさらに顔をしかめた。

「金子博士！」

藤野が張り切って言う。

「食い気味で、きた」

「俺、読んでっから知ってんだ」

「その人、誰なんですか？」

金子博士なる登場人物がロボットの弁護士を作ったのだろうか。それとも敵役なのだろうか。『ロボット弁護士B』についての藤野と明石のやりとりは続いていたが、深山は一人、じっと考えごとをしていた。

＊

翌朝、刑事事件専門ルームは不穏な空気に包まれていた。

「おはようございます。間に合った」

通勤ランニングをしている藤野が部屋に飛び込んでくるのと同時に、

「どういうことだよ、新しい証人って」

明石は声を上げた。

「なんの話？」

藤野はみんなの顔を見回した。

「私たちも、公判前整理手続で検察から突然言われたばかりなんです」

「何？　……新しい証人って？」

藤野はホワイトボードを見た。そこには新たな証人・三田仁の顔写真が貼ってあった。

深山より少し年上だろうか。大きな目が特徴的な、ごく普通の雰囲気の男性だ。

「三田さんという、加賀さんや東野さんと同じ漁協の漁師の方なんです」

穂乃果はそう言って、ホワイトボードに貼ってある不里崖付近の地図を指した。

「三田さんは、この吊り橋から加賀さんが東野さんを殺害しているところを目撃したと言っています」

そして現場近くの橋を指した。

「どうしてすぐに『見た』って言わなかったんですかね？」

藤野は尋ねた。

「三田さんはその後、お世話になった先輩と会食の予定があったのでその場を立ち去ってしまったらしくて、一度見て見ぬふりをしてしまったため今まで名乗り出せなかったそうです」

穂乃果は言った。

「殺人事件の証言より食事が優先ですか……」

中塚がため息交じりに言う。

「目撃証言がたしかなら勝つ見込みはゼロですよ……」

藤野はがっくりだ。

「こっちが待ち伏せの証拠を出した途端、事件の目撃者が出てくるなんて」

明石が腹立たしそうに言うと、

「……先輩との会食ね」

深山は冷めた口調でつぶやいた。と、そこに、佐田が憤慨しながら現れた。

「おはよう。おまえたち、不里崖の刑事事件をまた俺の承諾なしに……こんなにいっぱい書いてるじゃないか……もうホワイトボードに……」

プリプリ怒る佐田を見て、

「怒れる勝手おじさん」

明石は言った。明石は佐田とはじめて会ったときから、佐田の傍若無人な振る舞いを許して「勝手おじさん」と呼んでいるのだ。だが、すぐに藤野にツッコまれる。

「明石くんもおじさんだからネ」

「みんなおじさん」

中塚にも指摘されたが、そんな会話をするパラリーガルたちに対して佐田は「うるさい」と怒った。

「『負けそうな案件を受けるな』ってクレームですか?」

そんな佐田に、深山は挑戦的な口調で尋ねた。

「違いますよ。俺の許可なしに……」

佐田が言い訳しようとしていると、

「クレームですよね」

深山はさらに佐田に迫った。

「理由を俺は聞いているんだよ」

「クレームだ! 『絶対に守ってほしい八ヶ条』の七」

深山は穂乃果を見た。この『八ヶ条』は、つきまとう穂乃果に深山が「一緒に仕事をしたいなら」とつきつけた条件だ。言われた穂乃果はさっとスマホを出し、電話をすぐかけられるよう、スタンバイしてから言った。

「八ヶ条の七。佐田所長が師匠を困らせたときは、即座におじいさまに電話する」

その言葉を聞いた佐田は、すぐに穂乃果の手からスマホを奪い取った。孫娘の穂乃果を溺愛する若月会長に妙なことを吹きこまれたら、たまったものではない。

「そんなことを話しにきたんじゃない！　待って！　いいか、この刑事事件と並行しておまえたちの依頼人の加賀郁夫は、死亡した東野奏太の遺族から損害賠償の民事訴訟を起こされている」

佐田は言った。

「それがどうしたんですか？」

穂乃果は尋ねた。

「この訴訟で東野側についてる弁護士が、あの南雲恭平らしいぞ」

「え？　南雲先生？」

穂乃果は驚きの声を上げ、深山は形のいい眉を跳ね上げた。

つい先日、ある地方議員が被告となった加重収賄事件の裁判で南雲とやりあったばかりだ。弁護士同士なので直接的に法廷で対峙したわけではないが、検察と取引をして裏で暗躍した南雲のやり方を、佐田は声高に批判した。

その南雲に、東野の兄と妻が弁護を依頼したという。

「南雲が関わっているということは、こっちの刑事訴訟にも影響があるかもしれん」

佐田は言った。南雲は加賀を確実に有罪にするために、あれこれ策を弄することが予想できる。

「……もしかして」

穂乃果が口を開いた。

「なんだ？」

「……亡くなった東野さんを被害者のままにしておくために、南雲先生は、三田さんを新たな目撃証人として用意したということはないですか」

穂乃果は言った。

「まさかそんなこと……賠償請求の民事訴訟で勝つためにですか？」

藤野は穂乃果を見た。

「そのために証人をでっち上げるなんて……」

中塚は信じられないといった表情を浮かべている。

「いや。南雲ならやりかねん。この前の岡部議員の事件でも同じ手を使っていたからな」

佐田はきっぱりと言った。たしかに先日の収賄事件の際も、証人を立てて演技をさせて口裏を合わせたり、被告人が書いたと捏造された手紙を証拠として提出させたり、恥ずかしげもなくあの手この手を繰り出してきた。

「南雲め〜、まだ懲りてなかったのか！」

明石はギリギリと歯を食いしばって悔しがっていたが、深山は無言で考えを巡らせていた。

＊

数日後、深山は官庁街の公園のベンチに座っていた。しばらくすると、スーツ姿の男が早足で近づいてきて、背中合わせの形で腰を下ろした。

「つけられてないだろうな？」

小声でささやいたのは、検事の丸川貴久（まるかわたかひさ）だ。かつては堅物で融通が利かないうえに、上司には絶対服従の検察官だった。だが、裁判で次々と深山たちに有罪という検察の見立てを覆（くつがえ）されていくうちに、深山の事実を追い求める姿勢に感銘し、丸川も次第にただ一つの事実を追い求めるようになった。深山が故郷・金沢で亡き父の事件を再調査した際には、奇しくも金沢地方検察庁に転勤となっていた丸川がかなり協力した。

その際も上司に見つかることのないよう注意していたが、この日もやはり周囲を警戒している。

「どうでした？」

深山はそんな丸川に構わず、隣に移動した。

「バカバカ！　見られたらどうするんだよ！」

丸川は捜査資料を持って立ち上がろうとしたが、深山はしっかりとその封筒をつかんでいた。

「これ、資料ですか？」

「そうだよ」

丸川はまた背中合わせのベンチに移動した。

大柄の丸川は、なかなか身を隠すのは難しい。だが検察官と弁護士——特に深山と会っているのを見られるのは、立場的にも相当まずい。

「普通あるだろ。『お疲れさまです』とか、『ありがとうございます』とか。そりゃあ、おまえに頼まれたってわけじゃないけど、話を聞かされたら気になるだろ。東京地検に赴任して早々、忙しいのに調べてやったんだぞ」

丸川は数年間の金沢勤務から、つい先日、再び東京地検に戻ってきたのだ。

「加賀さんはたしかに被害届を出してたんですね」

深山は資料を読みながら言った。

「……ああ。だが、警察はろくに動かなかった」

「被害届を出されていたのにきちんと対応しなかったことが表沙汰になったら、警察としては大問題になりますねぇ」

深山が言うと、丸川はうなずいた。

「だから東野が襲われた被害者で、加賀が襲いかかった加害者ってことにしたんだろ。警察が被害者のことを隠したがっているとしたら、この事件、一筋縄ではいかないぞ」

丸川は言った。

2

翌日の午前中、穂乃果と明石はふたたび神奈川県の不里崖にいた。今日は断崖絶壁の上ではなく、不里崖を望む吊り橋の上に立っている。目撃者として名乗り出た漁師の三田が、加賀が東野を殺害するのを見たという橋だ。

準備をしていると、穂乃果のスマホに、別の場所でスタンバイしている深山から電話がかかってきた。

「もうすぐ犯行時刻の十時二十五分になる。大丈夫？　できる？」

深山の声が聞こえてくる。

「できます！」

穂乃果と明石は同時に答えた。明石は『三田』の名札を下げている。

「藤野さん、中塚さん、準備はいいですか？」

穂乃果は、今日は不里崖の上にいる藤野と中塚を見ながら、スマホを持っていないほうの手に握っていたトランシーバーで連絡を取った。断崖には加賀役の藤野と東野役の中塚が立っているが、顔の見分けがはっきりとつくわけではない。だが体格で、どちらがどちらなのかはわかるし、動きも見える。

「ハイ！」

「ＯＫです！」

二人から声が返ってくる。

「明石、目撃しまーす！」

目撃者・三田役の明石は恒例の「明石、行きまーす」をアレンジして、片手を上げた。そして、三脚に設置したカメラの録画ボタンを押した。

吊り橋から穂乃果たちが崖を見ていると、藤野が中塚に襲いかかり、突き飛ばす動きをした。中塚はよろめいて、落ちていく演技をして、ダミーの人形を放り投げた。人形は崖から海へと落ちていく。

「ああ、東野さ～ん！」

おそらく三田はこう言っただろうという演技をする明石は声を上げた。

「今、中塚さんが崖から落ちました」

穂乃果はスマホで深山に報告をした。

「たしかにはっきり見えました。でも、目撃してなかったことの証明なんて、できますかねえ」

穂乃果は首をかしげた。だが、電話の向こうで深山が言う。

「それを今からたしかめるんでしょう。じゃあ急いでこっち向かって。本当にできるかなあ?」

「できます!」

穂乃果は元気よく返事をした。

「明石も、できまーす!」

明石も負けじと大きな声で言う。

「じゃあ急いで」

深山が言い、電話は切れた。

「Ｈｕｒｒｙ(ハリー)! パイセン明石! 急ぎますよ!」

穂乃果は出発した。

「なんだよ、パイセン明石って……おまえこそ遅れるなよ!」

明石は穂乃果に言い、

「藤野さん、カメラ回収お願いします!」

さらに藤野に声をかけ、駆け出した。

深山が電話をしていたのは神奈川県の不里崖から遠く離れた熊本県——それも地震の大ダメージから復興したばかりの熊本城の天守閣の最上階だった。電話を切ると、深山は窓の外の景色に目をやった。都市と自然が調和した美しい熊本の景色が広がっている。

「『鉄喜刺寿(てっきさす)』はこっちか」

深山は手元の地図を見て、目的地へと向かった。

穂乃果と明石は新横浜駅から新幹線に乗った。博多で乗りかえて約五時間半、熊本駅に到着した。

「ほら、遅れるなよ」

駅前広場に出てきたところで、明石が穂乃果に声をかけた。明石は移動中の様子を撮影するため、不里崖を出発したときから頭にゴープロを装着している。『三田』の名札も下げたままだ。

「くまモンいる」

穂乃果は駅前にくまモンがいるのを見つけ、喜びの声を上げた。そして視線の先に、タクシー乗り場を発見した。

「あった」

穂乃果はタクシー乗り場に急いだ。明石は頭のゴープロが下を向いてしまい、立ち止まって直していた。

「『肥後もっこす居酒屋・鉄喜刺寿』まで」

穂乃果はタクシーに乗り込み、運転手に告げた。

「かしこまりました」

後部座席のドアが閉まり、タクシーは出発した。

「あ！　待って、なんでだよ〜！」

気付いた明石が叫んだが、穂乃果を乗せたタクシーは遠ざかっていく……。


その頃、『鉄喜刺寿』で穂乃果たちの到着を待っていた深山は、店主に三田の写真を見せ、話を聞いていた。

「三田さんはこの店に十八時にはいらしてたんですね」

「ええ、そぎゃんです。ああ。その席でよ」

店主は色黒で、精悍（せいかん）な雰囲気の中年男性だ。

「ここ？」

深山は確認した。

「うちの料理ば、えろう気に入ってくれて」

「では、その気に入った料理を食べさせてもらってもいいですか？」

深山は三田が座っていたのと同じテーブルに座り、店主に料理を注文した。

明石は穂乃果のタクシーを追いかけ、国道沿いの歩道を走っていた。

「待て！　見えてんだろ！」

一本道で、車道も歩道もすいている。穂乃果は明石が追いかけているのは絶対にわかっているはずだ。そう思いながら走るも、タクシーが減速する様子はない。

「タクシー代ないんだよ～……！」

明石はぜえぜえ息を切らしながら、どんどん離れていくタクシーを追い続けた。

「お待たせしました。馬刺しとだご汁です」

深山の前に熊本の郷土料理が出てきた。だご汁は小麦粉を練って平らなだんご状にしたものと、根菜類や山の幸を入れた汁のことで、熊本県では「だんご」を「だご」と呼ぶことから「だご汁」と呼ばれている。味付けは地域によって異なり、味噌味やすまし汁風のものがある。

「いただき益城町の馬刺し」

いつものように手を合わせ、いただきますのダジャレを、目の前の料理名にからめて口にした。

「よく知ってますねえ」

店主はうれしそうだ。

「普通でおいしい……」

一口食べた深山は、感想を口にした。おいしいものを食べたときの深山の口癖だ。

「うまかでしょう」

「ええ、でも……」

深山はリュックから赤い調味料ボックスを取り出した。

「黒にんにくゴマすっぱソース。これを、こうやって……」

と、馬刺しに〝マイ調味料〟をつけてもう一口食べてみる。口の中に馬刺しの味とともに、ニンニクとゴマの香りが広がり、深山は大満足だ。

「食べます？」

深山が勧めると、店主は一口食べてみた。

「たいがうまかですね」

店主も大満足だ。

「たいがうまかですよネ」

二人がうなずき合ったとき、穂乃果が駆け込んできた。

「師匠！　時間は！」

「いらっしゃい」

店主は穂乃果に声をかけた。

「十七時五十分」

深山は時計を見て言った。

「え、間に合っちゃったんですか！」

穂乃果は残念そうだ。

「そうなるねえ」

「事件現場の不里崖から熊本の鉄喜刺寿まで、三田さんの証言通りかあ」

事件を目撃し、新幹線に乗り、この時間にこの店に到着するのはじゅうぶん可能だとわかった。

「あれっ？　明石さんは？」

「あれ？」

穂乃果は自分の周りをきょろきょろ見回したが、明石の姿はない。いまさら気付いたのか、と穂乃果の天然ぶりに深山は心の中で呆れていた。


「鉄喜刺寿……鉄喜刺寿……」

明石は息も絶え絶えになりながら、店の前に到着した。

「テキサス！」

店内では、店主が某有名刑事ドラマの主人公・ボスにそっくりな常連客に呼ばれ、そちらのテーブルのほうに行った。戻ってきた店主は、また深山たちのテーブルにやってきた。

「これサービスのからし蓮根です」

と、皿を置く。

「ありがとうございます」

深山と穂乃果がありがたくいただいていると、明石が入ってきた。ゴープロをつけっぱなしの頭はぼさぼさだし、息は荒い。

「明石さん、どこ行ってたんですか？」

穂乃果は平然と尋ねた。

「おまえが置いていったんだろが！　時間は？」

「十八時十五分です。私は十七時五十分に到着しちゃいました」

穂乃果は言った。

「だったら連絡しろよ。駅からずっと走ってきたんだぞ！　……っていうかおまえら、なんで食ってんだよ！　再現と味、関係ないだろ！」

「Ｃｏｏｌ（クール）　ｄｏｗｎ（ダウン）！　パイセン明石」

穂乃果は手のひらを下に向け、感情を静めて、と明石に伝えている。

「パイセンって言うな！」

明石は相変わらず穂乃果への当たりが強い。

二人のやりとりにはまったく興味がない深山は、考えごとをしながら何気なく店内を見回した。そして、あるものを発見して視線を止めた。

壁に貼りっぱなしになっている『熊本まつのまつり』というポスターだ。どうやらこのあたりで開催されたイベントのポスターらしい。深山は立ち上がり、ポスターに近づいていった。

「師匠？」

穂乃果はそんな深山に気付き、声をかけた。

「お客さんトイレはそちらです」

店主が深山に声をかけたが、深山は動かなかった。

「そのポスター、一か月半前のポスターだけど、はがしてないんですよ。なんか、愛着があって」

――店主が言うのを聞きながら、深山はポスターを見つめていた。

「俺はあいつから呼び出されて待っていたら突然襲われたんです」という加賀の言葉が、頭の中に蘇ってくる……。

神奈川県の不里崖で最初に再現実験をしたとき、穂乃果は「待ち伏せするにはもってこいの場所ですね」と言っていた……。

つい先ほど、ここ熊本県の居酒屋・鉄喜刺寿で、深山が三田は十八時にこの店に来たのかとたしかめたとき、店主は「ええ、そぎゃんです」と自信たっぷりにうなずいた……。

そして、拘置所の接見室で加賀は「目を見てくれりゃわかるでしょ！」と真剣な表情でそう訴えていた……。

だんだんと、深山の頭の中で考えがまとまってくる。

「熊本城にクマも登場」

『熊本まつのまつり』のポスターに数多くレイアウトされている人物やキャラクターの中から、くまモンを見つめていた深山は、ニヤリとしてつぶやいた。

「七点」

いつものように、明石が深山の親父ギャグを採点する。

「熊本城にクマも登場……」

穂乃果は深山のギャグを繰り返した。

「ハッハ～！　ハッハ～！」

そして、林家パー子が林家ぺーのギャグに笑うときとそっくりな笑い声をあげた。

「あ～」

貼り紙を見ていた深山は、店主を見た。

「赤牛の赤身、あるんですか？」

「あります」

「お願いします」

「はい」

店主は厨房に戻っていった。

深山は先ほどの、某人気刑事ドラマのボス風の、ブランデーグラスが似合いそうなサングラスをかけた男性を見た。そして、『熊本まつのまつり』のポスターに大きく写っている女性の写真を指さして尋ねた。

「これは？」

「松野明美？」

その客の言う通り、松野明美だ。オリンピック出場経験もある元陸上選手で、元タレント、現在は熊本県議会議員をつとめている。

このポスターにある地元のお祭りで、何をしたのか知らないが、松野明美のイベントがあると大きく告知されている。

「そう！　松野明美。あれ、まだかなぁ赤身」

深山は明るい調子で言った。ボスたちは黙っている。

「僕、待つの、赤身！」

深山がおどけて言うと、

「なんじゃそりゃ」

テーブル席の一人が声を上げた。

「ハッハ～、松野明美！　待つの赤身！」

またもや穂乃果はパー子そっくりな笑い声を上げた。

「それ本当に面白いと思ってる？」

明石はもはや採点する気力も失っていた。

*

そして裁判当日——。

深山は佐田と穂乃果と三人で入廷した。深山はネクタイを締め直し、穂乃果はシャツの襟元のリボンを締め直した。

「深山、見ろ」

佐田にささやかれ、傍聴席を見ると、南雲の姿があった。南雲はじっと前を見ていたが、佐田と深山の視線は意識しているようだった。

裁判が開始し、深山は三田への反対尋問に立った。

「証人は加賀さんが東野さんを殺害するのを目撃した後、熊本にある『肥後もっこす居酒屋・鉄喜刺寿』というお店で食事をされてますね。間違いありませんか?」

深山は尋ねた。

「はい。昔、世話になった先輩とずいぶん前から約束していたんです。これ関係ありますか?」

三田は逆に尋ねてきた。

「裁判長。ここで証人の記憶喚起のため、弁護人請求証拠第二十三号証の熊本駅周辺の地図を示します」

深山は裁判長を見た。

「どうぞ」

裁判長が許可をし、深山はモニターに熊本駅周辺の地図を示した。

「こちらをご覧ください。証人は十七時四十五分に新幹線で熊本駅に到着し、十八時にはここにある鉄喜刺寿に入店しています。ちなみに、証人が熊本まで飛行機で移動していないということは、各航空会社の搭乗記録で確認済みです。――証人は熊本駅からお店まで、どのような手段で、どの道を通って移動されましたか?」

深山は三田に尋ねた。

「駅前でタクシーを拾いました。運転手さんに『最短ルートでお願いします』と伝えて」

三田が答える。

「では、そのルートを書いていただけますか?」

深山は三田に言った。

「この道で行きました」

三田は赤いペンで、地図上の熊本駅から店までの最短ルートを書き込んだ。駅前広場から右折で大通りに出てしばらく道なりに走って左折すると、店に着く。

「よく覚えていますね」

深山は感心したように言った。

「わかりやすい道でしたから」

三田の言う通り、駅からの行き方は大通りに出れば後は実にわかりやすい。

「……裁判長。ではここで弁護人請求証拠第二十四号証のポスターを示します」

深山は言った。

「どうぞ」

裁判長の許可を得て、穂乃果は弁護人席で『熊本まつのまつり』のポスターをコピーしたパネルを高く掲げた。

「これは令和三年五月三日の事件当日、熊本駅周辺で催されていたお祭りのポスターです」

「それが何か？」

三田はキョトンとしている。

「証人に見ていただきたいのは、ポスターのこの部分です」

深山は松野明美の写真の下の部分を指した。すると、そこに書かれた文章を読んだ三田の顔色がさっと変わった。

「このポスターが示すように、事件当日、熊本駅周辺はお祭りのための交通規制がかかっていたんです」

ポスター下部には、祭り当日の交通規制区間と、その時間帯が書いてあった。

「証人が先ほど示した熊本駅からお店へ向かうこのルート。ここも同様に交通規制がかかっていました。しかも十五時から十九時までは、松野明美さんのイベントがあって、車が通ることは不可能だったんです。当然、証人を乗せたタクシーも通ることもできません」

深山の話を聞いていた三田は動揺の色を見せていたが、すぐに平静を取り戻した。

「ああ、私は運転手さんに『最短ルートで向かってほしい』と頼んだだけです。運転手さんはきっと祭りを避けて、別の道を通ったんでしょう」

三田は余裕の口ぶりで言った。

「そうですか。裁判長、弁護人請求証拠第二十五号証を示します」

深山は言った。

「どうぞ」

裁判長の許可を得て、深山は再び熊本駅から鉄喜刺寿までの地図を出した。その地図には最短距離からかなり離れた道を通る経路が示されている。

「交通規制のかかっているなか、タクシーで熊本駅から、お店に向かう最短ルートは、このように大きく迂回しなくてはなりません。実際に検証してみましたが、どんなにうまくいっても二十五分かかってしまいます。つまり、十八時に間に合いません」

深山は断言し、さらに続けた。

「証人。新幹線の時刻表だけ見て間に合うと思ってしまったんですね。あなたが事件当日、本当に不里崖で事件を目撃していたのなら、十八時までに熊本の鉄喜刺寿にたどり着くことは絶対に不可能なんです。弁護人からは以上です」

深山は自席に戻った。三田は再び顔色を失い、検察官はがっくりとうなだれ、全身に無念さを滲ませていた。

「This（ディス） is（イズ） the（ザ） fact（ファクト）！」

穂乃果は勝利を確信し、満面に笑みを浮かべた。佐田が傍聴席の南雲をちらりと見ると、南雲はいつものように無表情で、法廷を見つめていた。

3

『漁場を巡る醜い計画！　正当防衛の男性、あわや殺人犯に！』

翌日のネットニュースでは、今回の事件が話題になっていた。刑事事件専門ルームのメンバーたちも、ネットニュースを見ていた。

「事件の首謀者は、目撃証人の三田だったか……」

佐田はうなるように言った。

「動機は漁の縄張りを巡る争い。三田さんは最近漁をはじめたばかりで稼ぎたかったが、漁場を守ろうとする加賀さんと対立していた」

藤野はニュースに書いてあったことをかいつまんで言った。

「そこで、前からお金を貸していた東野さんが同じく加賀さんに恨みがあると知り、借金返済の代わりに襲わせた」

中塚が続きを読む。

「加賀さんに脅迫状を出してたのも三田だったんだな」

明石は言った。

「Of course! パイセン明石!」

穂乃果は明石を指した。

「パイセンって言うな」

明石はその呼び方は気にいらないようだ。

穂乃果が言うように、三田は取り調べで自分も共謀していたことを白状した。

「取り調べで全部白状したそうです」

一件落着とみんなが盛り上がっているなか、深山は一人涼しい顔で、デスクで飴を選んでいた。ちなみに深山を崇拝する穂乃果も、机の上には飴の入ったガラス瓶を三つ、置いている。

「しかし、南雲はどうしてこんな杜撰な証人をでっち上げたんだろうな。我々の力量はこの前の裁判で十分に思い知っているはずだ。こちらが本気で調べれば、嘘などすぐに見破られるとわかるはずだ」

当初は「不里崖の事件を俺の承諾なしに受けて」と怒っていたというのに、佐田はいけしゃあしゃあと「我々の力量」と言い切って振り返り、深山に声をかけた。

「……僕たちに、三田さんの証言が嘘だということを見破らせたかったんじゃないですか？」

深山は飴を選びながら言った。

「見破らせたかった？　それ、どういう意味だ」

「おそらく僕は『加賀さんは東野さんに襲われた正当防衛だった』ということまでは立証できたと思います。南雲さんが何もしなければ、この事件はそこで終わっていたはずです」

深山は南雲の真の狙いについて考えていた。

「『実は三田から命令されてやったことだ』と証言する人は、当人が死んでしまっている以上、ほかにいないからな」

たしかにそうかもしれない、と、佐田も考え込んだ。

「だから南雲さんは『目撃者でも出てこないかぎり、加賀さんの正当防衛が立証されてしまう』などと三田さんに伝え、彼を証人に仕立て上げた」

東野の遺族に依頼された南雲は、おそらく途中で三田の悪だくみに気付いたのだろう。深山はそう推測していた。

深山と佐田の会話を、いつのまにかメンバーたちも聞いていた。

「僕が彼の証言が嘘だと見破り、結果的に今回の事件の首謀者が三田さんだということが明らかになった。それによって南雲さんは、依頼人である東野さんの遺族と、東野さん本人の名誉を守ることができた」

「それじゃあ、おまえは結局、南雲の描いた筋書き通りに動かされたってことじゃないか！」

佐田はどこか面白くなさそうだ。

「そうなりますね」

深山は笑みをたたえながら言った。

「なんだ、その笑い……悔しくないのかおまえ！　しかし、どうしてそんな手の込んだことをする必要があったんだ、南雲は？　依頼人のためか、三田さんの罪を暴きたいっていう正義感か……。相変わらず手の込んだことをする男だな」

やはり佐田は気分が悪そうだ。

「まあいいじゃないですか。事実がわかったんだから」

深山はあたりまえのことのように、佐田のスーツの胸ポケットに、飴の空袋を入れた。

佐田は一瞬顔をしかめたが、ここで怒っても無駄なことは、これまでの深山とのつきあいでよくわかっているので、スルーだ。

「南雲は単に、証人をでっち上げようとして失敗しただけじゃないの〜？」

明石が揶揄するように言ったとき、

「あ！」

ネット記事を見ていた穂乃果が突然声を上げた。メンバーたちはいったい何かと、穂乃果を見た。

「あっ、エリさんだ。ここクリックしてください」

画面をのぞきこんだ穂乃果は画面を指さし、藤野に頼んだ。

「はい。クリックします」

藤野がクリックすると『日本人少女、ウィーン国際ピアノコンクールで最優秀賞の快挙！』というタイトルのニュースが表示された。そこには誇らしげに笑みを浮かべる、美しい少女が写っている。

「どこのエリさんですか？」

藤野はニュース内の画像を見て、穂乃果に尋ねた。

「南雲先生の娘さんです。すごい！　コンクールってこのことだったんだ。最優秀賞！」

穂乃果は言った。

先月、別の事件で佐田と深山と三人で南雲の自宅兼事務所を訪れたとき、エリは「ピアノのレッスンがあるんです。もうすぐコンクールだから頑張らないと……」と言っていたが、最優秀賞を受賞したのだ。

＊

ウィーンから帰国したエリは、羽田空港の到着ロビーでマスコミの取材を受けていた。

「ウィーン国際ピアノコンクール最優秀賞おめでとうございます」

数名の取材陣がエリを取り囲み、レポーターの一人がマイクを向けた。

「ありがとうございます」

エリはほほ笑んだ。

「今の喜びを一番に伝えたいのはどなたですか？」

レポーターが尋ねた。

「父です。父は男手一つで私を育ててくれて。ピアノを勧めてくれたのも父なんです。本当に感謝しています」

答えるエリの視線の先には、優しくほほ笑む南雲の姿があった。迎えにきていた南雲は、少し離れた場所の椅子に腰かけ、取材が終わるのを待っていた。

「南雲恭平さんですよね」

声をかけられ、南雲が振り返ると、週刊誌記者が立っていた。

「『週刊ブロース』の者です。ちょっとお話よろしいですか？」

記者がぶしつけに尋ねてくる。その後ろで、もう一人がビデオカメラを回している。

「いや。私はそういうのは……」

エリの父として取材されるのだろうが、自分は表には立ちたくない。南雲は断り、立ち去ろうとしたが……。

「エリさんは、本当のお父さんのこと、ご存知なんですか？」

記者の質問に、南雲は驚き、振り返った。すると、記者はニヤリと笑った。

「彼女、山本貴信(やまもとたかのぶ)の娘ですよね？　十五年前、天華(てんか)村毒物ワイン事件で四人を殺して死刑判決を受けた」

「貴様、そんなこと、どこから――」

南雲は記者の胸ぐらをつかんだが、記者はさらに悪そうな笑みを浮かべた。

「乱暴な弁護士さんだなぁ。大声出しますよ。マスコミ、いっぱいいるし」

記者は自分に同行するカメラマンと、エリの取材陣を見て言った。南雲はハッとして、手を離した。

「……いいか、もし娘につきまとうようなら、おまえを訴えるからな」

南雲は本気で言い放った。

「そうですか」

だが記者とカメラマンは意に介することなく、ニヤつきながら去っていった。


――後日、エリは東京スカイツリーがよく見える下町の一角にある木造一軒家の自宅でスマホを見ていた。

ウィーンでの演奏から戻って数日たち、旅の疲れも癒えはじめていた頃だ。だが、コンクールで優勝した喜びも今のエリからは消し飛んでいる。エリが手にしていたスマホの画面には、『週刊ブロース』のネット記事が表示されていた。

二階にある自分の部屋にも、チャイムを押す音と、玄関前に押しかけてきている記者たちの声が絶え間なく聞こえてくる。

「『週刊ブロース』ですけど南雲さん、お話、聞かせてくださいよ」「いらっしゃるんでしょ?」「少しでもいいんで、ちょっと話、聞かせてもらえませんかね?」

口々に言う報道陣の声は、近所の家にも聞こえているだろう。耐えられなくなり、エリは階段を下りた。すると、ちょうど下から上がってきた南雲と顔が合った。

「出なくていい。お父さんの担当している事件で……」

状況をごまかそうとして言いかけた南雲に、エリはスマホを出した。画面には先ほど部屋で見ていた週刊ブロースのネット記事が表示されている。

「これ、どういうこと?」

『グランプリ受賞少女、天華村毒物ワイン事件の元死刑囚の娘!』

そのタイトルはあまりにも衝撃的だった。

「でたらめだ、こんなもの。気にするな」

南雲は優しい声で言った。

「気にするに決まってるでしょ! 本当のお父さんはどんな人だったの?」

エリが詰め寄ると、南雲は黙り込んだ。

「……嘘つき」

エリはつぶやき、玄関を飛び出していった。


玄関前では、詰めかけていた記者や野次馬たちが突然のエリの登場に色めき立った。

「エリさん! 記事、読まれましたか? コメントお願いします。なんでもいいんで……今の気持ちを聞かせてください」

『週刊ブロース』の記者らしき男が迫ってきた。周りにいた他社の記者やカメラマンたち、さらには野次馬たちまでもが、エリの姿を撮影したり声を録音するためにいっせいにカメラやスマホを向けてくる。

「やめろ！　やめてください！　やめてください」

そこに南雲が出てきて、記者たちを怒鳴りつけ、エリをかばおうとした。もみあいになっているうちに、エリはさっとすり抜け、走り去った。

記者たちをどうにか制し、南雲はエリを追いかけた。だが、どこへ行ったかわからない。必死で近所を捜し回り、何度も電話をかけてみたが、エリが出ることはなかった。

＊

佐田はマネージングパートナー室で、調べものをしながら、自らが主宰する音楽レーベルの所属歌手・かたかなこのＣＤをかけていた。

かたかなこは本名片岡加奈子（かたおかかなこ）。深山の従兄弟が経営する中野区野方の『いとこんち』に入り浸っているまったく売れないミュージシャンだった。だが、とあるきっかけで佐田は加奈子のＣＤを聴いて感動して涙を流し「才能あるものは正当な評価を受けなければならない」と、売れ残っていたＣＤを買い取り、レーベルまで立ち上げた。競馬好きで馬主でもある佐田は、愛馬・サダノウィンの歌『走れサダノウィン』を制作して加奈子に歌わせ、自らの所長就任のパーティでも加奈子をステージに上げ、一〇八枚目のニューシングル『みちのくジドリ旅』を歌わせた。マネージングパートナー室には加奈子の等身大パネルまである。

この部屋には、就任パーティで佐田が「弁護士になって以来、大切にしている二文字だ」と発表した『誠意』と毛筆で書かれた書や、等身大の馬のオブジェも飾ってあり、佐田の趣味であふれている。

と、突然、曲が止まった。顔を上げると、深山と穂乃果が机の前に立っている。止めたのは深山だ。

「止めないでよ！」

佐田は深山に文句を言った。

「好きじゃないから」

深山はあっさりと言う。加奈子はもう何年も深山に片思いをしていて、さんざんアピールをされているにもかかわらず、深山はそっけない。

「ノックをしなさいといつも言ってるだろ」

「で、話ってなんですか？」

「エリさんの父親はたしかに天華村毒物ワイン殺人事件の被告人だった。二〇〇六年五月十三日、祭りでふるまわれたワインに毒物が入れられて四名が死亡した事件だ」

佐田は手元の『週刊ブロース』を開いて言った。

「はい！」

穂乃果が発言を求めて手を挙げた。

「はい」

佐田は発言を促した。

「記事には『被告人は最後まで容疑を否認し続けていた』とありました……」

穂乃果の言葉に、佐田はうなずいた。

「だが結局、最高裁で死刑判決が下されて、被告は、刑が確定した後に獄中死した……そして聞いて驚くな！　この事件の弁護人は、南雲当人だ！」

佐田は言った。

「南雲先生は、死刑囚の娘を引き取って育てていたってことですか？」

驚くなと言われたが、あまりの事実に穂乃果は目を丸くした。

「詳しい事情はわからん」

佐田は首を振り、続けた。

「ただ一つ言えるのはよっぽどの事情がなけりゃ、いち弁護士がそんなことまでしないってことだ……」

と、そこに佐田のスマホが鳴った。

「はい、もしもし……え？　あ？　大丈夫ですか？　今どこに？」

佐田にしては珍しく優しい口調で応対している様子を、深山と穂乃果は、もしかして？と、じっと見つめていた。

佐田は、指定された隅田川べりの待ち合わせ場所まで走ってきた。川のすぐ向こうには、スカイツリーがそびえ立っている。

「すみません。お待たせしました」

柵にもたれ、川を眺めていたエリが、ゆっくりと振り返った。

「突然、すみません……」

エリは申し訳なさそうに頭を下げた。

「いやいやいや、君も大変だったろう……」

佐田は穏やかな口調で言った。

「記事のこと、父は本当のことを話してくれないと思って……ほかに頼れる人、佐田さん以外に思いつかなかったんです」

「そんなときのために名刺を渡しておいたんだよ」

一か月前に依頼された案件で、佐田は南雲を知った。南雲は検察官をそそのかし、斑目法律事務所が弁護を依頼された岡部という地方議員の収賄事件をでっち上げようとしていたのだ。佐田は南雲の言葉に怒り「娘さんに対しても同じことを言えるのか?」と迫った。その言い合いをエリに聞かれてしまったのだが、エリは今日と同じ公園に佐田を連れていき相談をした。――南雲が時折、ひどく暗い顔で思い悩んでいることがあるため、何か良くない仕事をしているのではないか、と。

そのときにエリから、南雲とは血が繋がっていないと聞いていた。エリが小さい頃に両親が亡くなったため、南雲が引き取って育ててくれた、と。ピアノを習わせてくれたことにも感謝していて、南雲のことが大好きだ、とエリは言っていた。

なので、佐田は「自分にもエリと同じくらいの年の娘がいるから、何かあったら相談に乗ってあげられるかもしれない」と、名刺を渡しておいたのだ。

「私、どうしたらいいかわからないんです。実の父親が、あんな恐ろしい事件を起こした人だったなんて……」

エリは声を震わせた。

「うん。でも、調べてみたら、それがそうじゃないかもしれないんだ。南雲君も、君の実のお父さんも、最後まで無罪を主張していたみたいだからね」

佐田は事件について調べていたポイントをエリに伝えた。

「……父も無実かもしれないってことですか？」

エリはぎこちなく「父」という言葉を口にした。

「前に『南雲くんと僕とは、弁護士としての考え方が違う』って言ったことがあったよね。やり方はともかく、彼は間違いなく優秀な弁護士だ。彼が無実だって信じていたなら、もしかしたらという気がするんだよ」

それは佐田の心からの言葉だ。その言葉を聞いて、エリは考え込んでいた。そして、顔を上げた。

「……もう一度事件を調べ直してもらうことはできるんでしょうか。私、本当のことを知りたいんです」

「……十五年も前のことだ。そのとき下された判決を覆すのは相当難しい。でも君がもし本当に事実を知りたいと言うんだったら、我々は全力でそれを見つけ出す。ただし、そのことで君は今よりもっともっと辛い思いをすることになるかもしれない。それでも、いいのかい？」

「……それでも、お願いします、十五年前、実の父に何があったのか知りたいんです」

エリはきっぱりと言った。心はもう決まっているようだった。

この瞬間、エリは十五年前の天華村毒物ワイン事件の事実を知るため、斑目法律事務所への依頼人になった。

＊

佐田はエリと別れたその足で、南雲の自宅兼事務所を訪れた。時間が経ったので週刊誌もあきらめたのか、玄関前にはすでに記者の姿はなかった。

「なんの用ですか。時間ありませんよ」

佐田を迎え入れ、応接スペースで向かい合いながらも、南雲は迷惑そうな素振りを見せた。きっと、この間の三田を証人に仕立てた件でクレームでも入れにきたのだろう。だが、今の自分にはエリの件で手いっぱいだ。佐田の相手などしている暇はない。そう南雲は思っていたが、佐田は思わぬ言葉を口にした。

「私たちは十五年前の事件を調べ直すことにしました」

佐田は南雲を見据えて、はっきりと言った。

「なんだと？」

南雲は顔色を変えた。

「ついては、その当時の資料がほしい」

「……断る」

しばらく迷いつつも、南雲は頑なに言った。

「あなたたちに今さら何ができるんだ」

「あなたも山本さんの無実を信じていたんでしょう？　判決に不満があったのに、どうして自分で調べ直して再審請求をしなかった？」

佐田は尋ねた。

「再審請求は唯一の肉親であるエリにしかできない。そうすれば、あの子に死刑囚の娘だと教えることになる。判決を覆す確たる証拠もないのに、そんなことできるはずがない。事件を蒸し返せば、あの子を無駄に傷つけるだけだ」

南雲にとっては、あの事件から何度も、いや、毎日のように考えていたことだ。いまさら佐田に言われるまでもない、と理路整然と否定した。だが、佐田はまたもや予想だにしないことを言う。

「そのエリさんからの依頼なんだ」

「エリが？　嘘をつくな」

南雲は佐田の言うことを信じようとしない。

「嘘じゃない。私に真剣に伝えてきた。あなたが思ってるほど、彼女は弱い人間じゃないぞ」

佐田が言うと、南雲は黙り込んだ。

「……それと一応伝えておくが、しばらく、エリさんは私の家で預かる。妻と娘がそばにいるから心配はいらない」

そう言って、佐田は去っていった。

一人になった南雲は、壁に飾ってある絵を見上げた。エリが幼い頃にクレヨンで描いた「おとうさん」は、明るい笑顔を浮かべていた――。

4

佐田は事務所に戻り、刑事事件専門ルームでさっそく会議の準備に入った。中塚がホワイトボードに事件概要を書き込み、山本の写真を「その写真はここ」と明石が貼り、会議用テーブルには資料が広げられている。着々といつものように事件の概要が整理されていく。

「藤野さん、記録映像流せますか？」

穂乃果は藤野に声をかけた。

「ええ、今、やっているんです」

藤野たちがやりとりをしているなか、佐田は一つひとつの資料を熱心に読み込んでいる。そこにガン、と、何かがぶつかってきた。振り返ると、深山が資料を載せた台車をぶつけていた。まったく深山という男は、小学生みたいなことばかりする。

「なんだよ！」

佐田は顔をしかめた。

「ずいぶん張り切ってますね。この前まで、ここ潰そうとしてたのにね」

深山はニヤついている。

「そうは言ってないから」

潰そうと思ったらいつでも潰せるんだからな、とは言った。だが潰す、とは言っていない。企業法務ルームのほうが格段に儲かるので、できればそちらに専念したいという気持ちは、ずっと心の中にある。

「困ります。双子の娘が……」

藤野は、職がなくなっては困ると訴えてきた。

「そうは言ってないよ。いいから深山！　いいから。そんなことより……それより見てみろ、ここ」

佐田は深山に資料を見せた。

「どこ?」

「ここ」

「どこ?」

深山のこの面倒くさい絡みも、刑事事件専門ルームではすっかりお約束だ。

「ここだよ！　一番上！」

「これ、一審の裁判長……」

その欄には、川上憲一郎という名前が記されていた。

「ああ。俺も驚いたよ。まさか、あの川上だとはな」

佐田は言った。

川上とは何度か対峙してきた。

ある裁判の後、「これからも僕はあなたたちの前に立ち続けますよ」と宣言した深山のことを「なかなか骨のあるやつ」と言った川上に、佐田は「昔のあなたと同じです」と言ったことがある。

川上自身、若い頃は公正な裁判を行っていたが、そのせいで左遷され、出世ルートから外されてしまったことから、組織の体面を重視し、上層部に忖度した判決をするようになった。三年前、深山たちが死刑判決を覆した裁判の際にうまく立ち回り、昇格していた。

「お知り合いなんですか？」

穂乃果は佐田に尋ねた。

「ちょっとした諍いのあった相手だ」

佐田は穂乃果にたった一言で説明し、再び深山を見た。

「我々が再審請求しようとしてることを川上が知ったら何をしてくるかわからない。慎重にやる必要があるぞ」

そう言った佐田は、ハッと思い出したように言った。

「そうだ、おまえまた『DASA』にしたろ。しないで、逆に」

マネージングパートナー室のロゴが、『SADA』から『DASA』に変わっていたのだ。深山は佐田の自宅リビングにあったアルファベットのオブジェも並べ替えたことがあるし、自身のスマホにも佐田は『DASA』で登録してある。

「あ、そうだ、また事務所の名前を変えようとしてるんですね」

「はい！」

深山が言い、二人が言い合いになりそうになったとき、中塚が手を挙げた。

「どうした中塚くん」

佐田が尋ねる。

「書けました」

中塚はホワイトボードにぎっしり事件概要を書き終えた。

「よし確認しよう」

佐田が会議をはじめようとしたところ、

「佐田所長、私が」

穂乃果が名乗り出た。

「やんなさい」

佐田は勧めた。

「できるの？」

深山が尋ねる。

「できます」

穂乃果は元気にうなずいた。

「できんのか？」

重ねて、明石が疑うように言ったが、穂乃果は明石のことはスルーだ。そして、事件整理のための会議がはじまった。


「南雲先生が山本さんの弁護を引き受けたのは、大学の登山部の先輩後輩の関係だったからのようです。南雲先生は山本さんの無罪判決を勝ち取るため奔走(ほんそう)しましたが、検察側の立証は完璧でした。結局、有罪を覆す証拠は見つからず、最高裁で死刑が確定しました」

深山は穂乃果の説明を聞きながら資料に目を通していた。そして、ある記述に目を留めた。

「山本さんの妻の咲子さんは、一審の判決後、心労が原因で亡くなり、その後、山本さんも獄中で亡くなりました」

穂乃果は説明を続けた。

「すらすら言えてんな」

明石がやっかみを口にする。

「山本さんが犯人とされた理由は二つです。まず、事件で使用されたぶどう栽培用の薬品。ワイン樽の中に混入されていたものです。これは山本さんが薬品会社に特別に発注していたもので、山本さん以外の人間が入手することは不可能だったとされています」

穂乃果がそこまで言ったところで、資料を読んでいた深山が顔を上げた。

「でもこれ、被害者の吐しゃ物から検出された毒物は少な過ぎて、ワイン樽のものと一致するかどうかわからなかったってあるね」

「被害者が飲んだ毒物とワインに入れられた毒物が一致しないなんてこと、ありえますかね？」

藤野が疑問を口にした。

「もし一致しなかったら、山本さんが犯人だっていう根拠は、全然薄くなるよ！」

佐田は目を輝かせた。

「調べてみましょうか」

藤野が提案する。

「当時、毒物の分析をした担当者を探して話を聞いてもらえますか」

深山は言った。

「はい」

藤野はうなずいた。

「どうぞ続けて」

疑問点に関する調査を藤野が買って出てくれたので、深山は穂乃果に先を促した。

「はい、続けます。二つ目は、ワイン樽の中に毒物を入れるタイミングがあったかどうか。お祭りの様子は準備のときから映像として記録されていました。藤野さん、お願いします」

穂乃果が言い、藤野が映像を再生しようとしたが、手間取っている。

「記録されてんの？　十五年前の、記録されてんの？」

佐田は予想外の事実に驚きの声を上げた。

「そうです」

穂乃果はうなずいた。

「実際の映像で？」

「はい」

穂乃果がうなずいたタイミングで、

「出しま～す」

藤野は声をかけた。

「よく撮ってたねぇ」

自分自身はカメラやパソコンなどの操作が苦手な佐田は、すっかり感心していた。

モニターには、十五年前の天華村毒物ワイン殺人事件の舞台となった『天華一葡萄会』の様子が再生された。ぶどう畑が広がる、四方を山に囲まれた、映るものはすべて緑ばかりという土地だ。『小さな村の手作りワイン　天華村ワイナリー』という村の看板が映ると、その前を小さな男の子たちが駆け抜けていく。

「警察は村人たちの動きを分単位で分析し、ワイン樽に毒物を入れる機会があったのが山本さんだけだったとしています」

穂乃果は言った。

「それはどういう動機だったんですか？」

藤野は尋ねた。

「山本さんは村に馴染めず疎外されていたみたいで、その逆恨みだとされています。しかし、山本さんは『亡くなった四名に対して恨みはなかった』と主張しています」

穂乃果は説明した。

「遺族に話は聞けないのか？」

佐田は尋ねた。

「それが、遺族の方たちもすでに全員亡くなっていて……」

「そうか……」

佐田は無念そうに唇を噛みしめた。

「でも南雲先生のメモによると、山本さんは村の人たちから妬（ねた）まれていたんじゃないかという話もありますね」

資料を見ていた中塚が言った。

「どういうことだよ？」

明石が尋ねた。

「山本さんはもともと都内で会社員をしていたんですが、ワイン造りに憧れて天華村に移り住んだようです。それで最初は歓迎されていたんですけど、五年後に権威あるワイン品評会で金賞を受賞した途端に、村の人たちと折り合いが悪くなったそうです」

「わあ、それで嫉妬されちゃったんだあ」

明石は言った。

「狭い村だからな。いかにもな話だ」

佐田は顔をしかめた。

「事件当日の流れを振り返ると、ワイン祭りの開催時刻は十三時の予定で、午前中から会場の設営がはじまっています」

穂乃果が言うように、モニターには先ほどからずっと、『葡萄会』の準備に精を出す村人たちの様子が映っていた。屋台で料理を仕込んだり、ワインの入った大きな樽を運んだりしている。

そのなかに、手作り感満載で「元気からあげ！」と手書きで書かれた紙が貼られている屋台で唐揚げを揚げている男性が映った。この人物が、天華村毒物ワイン事件の犯人とされた山本貴信その人だ。

「山本さんはこの日、唐揚げを担当していたそうで……」

穂乃果は言った。短く髪を刈り、髭を生やした山本は、大きな鍋で唐揚げを揚げている。その横にはぽっちゃりした女性がいて、この二人が唐揚げの屋台を担当しているようだ。

「これ、二度揚げかあ……」

深山はつぶやいた。

「二度揚げ？」

穂乃果は首をかしげ、

「おいしそう……」

中塚は素直な感想を口にした。

＊

下町の住宅街にそびえ立つスカイツリーを眺めながら、深山は南雲の自宅兼事務所にやってきた。道路から少し奥まっている玄関前を、ひょいとのぞいてみる。

「もう出てくる。いやあ、そろそろだろう。腹減ったら人間出てくるからなあ」

などと言いながら、相変わらず数名の記者たちは南雲が出てくるのを待ち構えていた。

その様子を見た深山が「あれっ？　南雲さん？」と大声を上げると、記者たちがいっせいに振り返った。

「なんか南雲さん、今、走っていきましたよ!」

深山は記者たちに自分が歩いてきたほうの道を指さした。

「えっ!」

記者たちは声を上げた。

「行け! 週刊ブロース! 一番乗りグッジョブ!」

そう言いながら駆け出す週刊ブロースの記者らしき男を先頭に全員が走り去った。だが、もちろん深山は南雲の姿を見かけてなどいない。記者がいなくなり静かになったところで、深山はチャイムを鳴らした。

「南雲さん。斑目法律事務所の深山です」

返事がないので深山はつかつかと家の中に入っていく。すると、南雲は一階の事務所のある和室の丸テーブルで弁当を食べていた。そこに突然現れた深山を見て、南雲は体をビクリとさせた。

「何度か声かけたんですけど」

椅子に腰を下ろし、勝手に急須を使ってお茶を淹れて飲みだす深山に、南雲は驚きと警戒の表情を浮かべた。

「なんの用ですか？　資料なら佐田先生に渡しましたよ」

「ええ。その中に気になることがあったので」

深山は切り出した。

「気になること？」

「南雲さんが法廷に呼んだにも関わらず、何も質問をしていない証人がいましたよね。ワインの卸売業者の更家歩さん」

深山が刑事事件専門ルームで見た資料に、法廷でのやりとりが記録されているものがあったのだ。

「なぜ、何も質問しなかったんですか？」

「……そのことは、事件とは関係ない」

南雲の返事は歯切れが悪い。

「……そういえば、南雲さんは料理はしないんでしたね」

今も、取材陣を避けて外に出られないのなら家にあるもので料理をすればいいのに、南雲はいつ調達したのか、コンビニ弁当を食べている。しかも殺風景なのり弁だ。普段から食事の支度はエリがしてくれていたようで、先月、ここを訪ねたときも、エリが南雲のために食事をして運んでいた。アジフライだった。だが、南雲は温かいうちに手を付けなかったので、深山が「料理に失礼でしょうが」と注意したのだった。

「なんの話ですか？」

南雲はなぜここで料理の話題になるのか、理解に苦しんでいる。

「山本さん、あの日、唐揚げを二度揚げしていました」

「それが？」

南雲は眉根を寄せた。

「唐揚げとかトンカツのように厚みのあるものを揚げるとき、完全に中まで火が通るまで加熱してしまうと表面は火が入り過ぎて硬くなってしまうんです。それを防ぐために『二度揚げ』をするんです。揚げているものを油から一度上げておき、五分程度放置する。すると内部から衣に水分がしみだしてくるから、これをカリッとさせるため、次は短時間で素早く高めの温度で揚げます。これで味は一段とおいしくなる」

深山は熱弁を振るった。

「いったい、なんの話を……」

南雲は呆れたような表情を浮かべている。

「今から人を殺そうと考えてる人間が、『唐揚げをおいしく揚げよう』なんて思いますかね？」

深山はそこに違和感を抱いたのだと説明した。

「それと当時の山本さんの家、南雲さんが管理されてるんですよね。鍵をお借りしたかったのですが……また連絡します。お茶、ごちそうさまでした」

深山はあっさりと立ち上がり、去っていった。


——一人になった南雲の頭の中に、過去の記憶が蘇ってきた。

「被告人は証言台へ」

裁判長の川上が言うのを、南雲は弁護人席で聞いていた。

「それでは判決を言い渡します」

法廷内に緊張が走った。山本は祈るような表情をし、南雲も全身を緊張させていた。

「主文、被告人を死刑に処する」

下された判決に、山本は深い絶望の表情を浮かべた。南雲も、目の前が暗くなった。

「この判決に不服があるときは……」

その後、川上が何を言っていたかは、耳に入ってこなかった——。


翌日、深山と穂乃果が刑事事件専門ルームで待機していると、佐田が準備を終え、やってきた。

「深山、河野、天華村へ向かうぞ！　準備はいいか？」

「……はい」

穂乃果が返事をした。

「俺も連れてってくれよ～」

明石は言ったが、誰もがスルーだ。

「必要な資料は持ったのか？」

佐田は穂乃果に確認している。

「持ちました」

「電車の時間は大丈夫だろうな。一本乗り遅れたら次は一時間後だ。日帰りできない可能性があるぞ」

張り切っている佐田を、深山は冷めた目で見ていた。

「来なくていいですよ」

「『行きます』って、言うんだよ」と佐田がイラついているところへ、

「俺も連れてってくれよ」

明石が再び言ったが、

「うるさい！」

佐田に一蹴された。

「役に立つからさ」

もう一度言ったが、またスルーだ。

「深山、忘れものはないかもう一度チェックしろ。日帰りとはいえ油断は禁物だからな」

「……あれ？　おじいさま」

深山は階段のほうを見て言った。

「嘘をつくな。今日は会長とのアポなんて……」

そう言いながら振り返った佐田は、次の瞬間、凍りついた。若月がお付きの者を従えて、階段を下りてくるではないか。佐田は慌てて穂乃果に向かって、ホワイトボードを消せとジェスチャーで指図した。

「一緒に来たかったらホワイトボード消してください」

穂乃果は明石に声をかけた。若月に刑事事件専門ルームにいるとバレたら大変だ。

「ほら！」

深山も明石をあおり、藤野たちに耳打ちをした。

だが、もう若月は階段を下りきったところだ。

「若月会長！」

佐田は若月に駆け寄ると、その視界をふさぐように目の前に立った。

「突然すまないね」

若月はそう言うと、小声で佐田に言った。

「穂乃果宛ての手紙を持ってきたんだ……というのは口実で、孫の様子を見にきたんだ」

若月と佐田がやり取りしている間に、穂乃果はホワイトボードの事件概要を消し、刑事事件専門ルームのプレート隠し用に『超民事ルーム』と白地に黒い文字で書かれたパネルのようなニセの看板を貼った。

「そうでしたか、実はこれから大事なクライアントとの会議に向かうところでして彼女も自ら、すすんで行くって言って……」

佐田は若月に答えながら、目についた『刑事事件専門ルーム』の表記をさりげなく隠す。

「そうか。あの引っ込み思案の穂乃果が、自ら……」

若月は感慨にふけっている。

「私も一緒ですので、ご安心くださいませ」

佐田は作り笑顔で言った。

「行ってきます」

深山は一人、リュックを背負って刑事事件専門ルームを出ていった。

「おじいさま！」

穂乃果は若月に声をかけた。

「あ〜、頑張っているようだね。前の事務所からおまえ宛の手紙がきたんだ」

「わざわざありがとう」

穂乃果は笑顔で受け取り、

「行ってきます」

と、深山たちに続いて階段を上がった。

「あ〜、頑張ってな」

「明石も行きまーす」

どさくさに紛れて、明石も続いた。

「おい、なんでおまえが」

佐田が文句を言っているが、

「深山先生から来なくていいと伝言です」

「佐田先生の代わりに明石を連れていくそうです」

藤野と中塚が、佐田に伝えた。

「なんだと！」

佐田は声を荒らげた。

「おや、会議はなくなったのかな？　ならちょうどいい。我がヨシツネ自動車グループとの顧問契約についてじっくり話し合おうじゃないか。今後の穂乃果の勉強のためにも」

若月がにこやかに言う。

「……喜んで」

佐田は恨みがましげな表情を浮かべた。

5

列車はゴトゴトと山間の線路を走り、ようやく天華村の駅に着いた。無人駅で、あたりを見回しても畑しかない。

「パイセン明石、来たからにはしっかり仕事してくださいね」

ホームに降り立った穂乃果は、明石を振り返って言った。

「この明石達也！　たとえ素手でも仕事はやり遂げてみせる！」

気合いを入れる明石に、

「……え？　本当にできるの？」

深山は尋ねた。

「明石できます！」

「私もできます！」

明石と穂乃果は張り切って声を上げた。

しばらく歩くと『小さな村の手作りワイン　天華村ワイナリー』と書かれた看板が立っていた。映像で見たのと同じものだが、やはり十五年の時が経ったので、それなりに古びている。

「ここですね。誰もいない……」

穂乃果はあたりを見回して言った。

「何もない所だな。ほんとワインだけの村って感じだ」

明石もうなずいている。

「現場となったワイナリーですね。今も使われているそうです」

穂乃果は資料を見ながら言った。ワイナリーといっても、大きなワイナリーのようにレストランが併設されていたり、観光客が来るような施設ではない。十五年前の事件があったことも影響しているのか、あたりは閑散としていた。

「見せて」

資料を受け取って、あたりの様子と見比べていた深山は、空を見上げ、目を細めた。

『山本ワイナリー』の看板が出ている家は、両隣の家もなく、ぽつんと立っていた。あたりには今もなお立ち入り禁止のロープが張ってある。

「ここが山本さんのご自宅兼ワイナリーです。師匠、足元気をつけてください」

そう言いながらロープを乗り越えた穂乃果は、コントのように自分がつまずいた。

「おまえがな！」

明石がきちんとツッコんだ。

「薬品はこのガレージで保管されていました」

山本家の向かって左側に、ガレージがある。

「パイセン、働いてください。はい！　鍵！」

穂乃果は明石に鍵を渡した。

ガラガラガラガラ。

明石が鍵を開けてシャッターを上げると、かなり激しい音がした。その様子を、遠くから村人の山田が見ていた。

「こんな音がしたら、家にいた人はすぐに気付くぞ」

明石の言葉に、穂乃果も同意した。

「家の中に奥さんがいる間は、誰も薬品を盗み出すことはできなかったはずですね。事件の後、奥さんの咲子さんはこのガレージから車を出して現場に向かったとされています」

外から入ってきて右側に机があり、手前にロッカーがある。

「当時のままですね」

穂乃果は資料の写真と見比べて言った。

「見せて」

深山が資料を手に取る。

「山本さんって几帳面な性格だったんだな」

明石はしみじみ言った。

ガレージの中には農耕具や、ワイン造りに必要なものが整然と置かれていた。十五年分のほこりはかぶっているが、整理整頓をきちんとしていたことが伝わってくる。

「このロッカーに事件で使用された薬品が置かれていた」

深山はロッカーの前に置かれた箱の写真を見て言った。ロッカーの扉には「開放厳禁」と書いてあり、その前には黄色いビールケースのような箱が置いてあるが、斜めになっている。

「咲子さんの車のサイズって、どれぐらいだっけ?」

ちょうど車が停められるぐらいのスペースがあるが、現在、車はない。だが、車が入っていたとしたらギリギリだろう。

「ＡＤバンだから、これくらいかなあ」

明石はロッカーの前に立ち、両手を広げ、示してみた。

「車の年式とサイズ調べておいて」

深山に言われ、

「わかった」

明石はうなずいた。

資料と車庫内を見比べていた深山は、ふと机の上を見た。そこには幼い娘と母親がほほ笑む写真が飾ってあった。二歳ぐらいのエリと咲子のようだ。そのほかに、エリと思われる赤ちゃんが笑っている写真と眠っている写真が、車庫の壁に貼ってある。

「エリさんと咲子さんですかね」

穂乃果は写真を見て言った。だが深山は、机の上に置いてあった大学ノートの束が気になり、一番上にあったノートをぱらぱらとめくっていた。

「なんですか?」

穂乃果は尋ねた。

「ワイン造りを記録した日誌みたいだな」

深山は言った。

「ぶどうの生育やワインの熟成の具合、天気や気温までかなり細かく書かれていますね。山本さんはかなり几帳面な方だったようですね」

穂乃果は言った。

「それさっき、俺が言ったから」

明石が勝ち誇るように言ったが、二人ともスルーした。

「このノート、お借りして」

深山は穂乃果にノートを渡した。

「はい！」

穂乃果がノートをリュックにしまったとき、深山はふと耳に手をあて、振り返った。

「どうした？」

明石の問いかけに答えるまでもなく、家の前には、何人もの村人が押しよせていた。

深山たちが山本の家を調べているのを発見した山田が、電話をかけてみんなを呼んだのだ。

「こっちです」

先頭にいる山田が、村人たちのほうを振り返った。全員が険しい表情で深山たちを見ている。

「あれ、やばくない？」

明石はすっかりビビっていた。

村人の集団から、黒縁メガネをかけた男性と、キャップをかぶった男性が一歩前に出てきた。

「おまえたち、人様の家、勝手に入って何やってんだよ」

険しい顔つきで尋ねてきた黒縁メガネの男性は、村人の代表的存在の太田保(おおたたもつ)だ。年齢は七十歳ぐらいだろうか。ほとんどの村人が太田のような老齢の男か、少し下の世代のようだ。山田はその中では比較的若い。

「すみません、許可は取ってあるので……」

穂乃果が言った。

「どうも弁護士の深山と言います。実はこの村で起きた事件に関して、もう一度、調べ直してるんです」

深山はごく普通に、だがそれ故にときに反感を買う口調で挨拶をした。

「調べ直す？」

村人たちの中から声が上がった。

「どういうことだ！」

太田は深山に歩み寄った。

「深山、もう帰ろう！」

明石はすっかり怯えている。

「Ｃｏｏｌ　ｄｏｗｎ（クールダウン）　Ｂ！　何を興奮してるんですか？」

穂乃果は村人たちに落ち着いてもらおうと言った。……村人に伝わるわけもない『ロボット弁護士Ｂ』のセリフを引用しながら。

「ビーってなんだ？」

村人たちはさらにざわついた。

「ビー？　よそもんが村に入ってきて、ズケズケ調べ回ったら迷惑だろう」

「ズケズケなんて調べてません！」

穂乃果は強気で言い返す。

「やめなさいって」

明石は必死で止めた。

「太田さんも落ち着いて」

キャップをかぶった男性、重盛寿一（しげもりじゅいち）が太田を制した。太田よりは十歳ほど年下だろうか。気難しそうな太田とは反対に、実に温厚そうだ。

「重盛さん、でもね」

太田は気がおさまらない。

「裁判で判決は出ましたよね。あなたたち、弁護士なのに判決を受けいれないってことですか？」

重盛は落ち着いた口調で、深山たちに尋ねた。

「その判決に疑問があるんです。博士は言った……」

穂乃果は片手を上げ、天を指したが、深山が慌てて制した。

「すみません」

深山はごまかそうとしたが、

「博士？」

「博士ってなんだ？」

村人たちはざわついている。

「なんだ？」

太田が深山を見た。

「事件のとき、みなさんも現場にいらっしゃいましたか？」

「ああ……」

「じゃ、事件の再現をしたいんで、手伝ってもらえませんか？」

深山が明るく提案すると、村人たちはいっせいに驚きの表情を浮かべた。

「おまえ、再現って、人の話聞いてなかったのか？　この野郎！」

太田は今にも深山に飛びかかってきそうだ。

「聞いてました。現場にいたんですよね？　僕は事実が知りたいんです」

深山は冷静に言った。

「山本が犯人ってことが事実だろうが！」

太田は声を荒らげた。

「さっさと村から出ていってくれ！」

さらに太田が言うと、ほかの村人たちも口々に出ていけとコールした。

「わ、わかりました！　行こう！」

明石は深山を急き立てて、歩きだした。

「再現、楽しいですよ！」

村人に向かって叫んでいる深山を、明石は強く引っ張った。

「また見かけたら、そんときはどうなっても知らないぞ！」

太田が叫び、村人たちも「そうだ、そうだ」と深山たちを追い立てた。だが、その中で一人の青年がじっと深山たちを見送っていた。

＊

ぶどう畑が続く道を歩いていると、佐田から深山に電話がかかってきた。

「遅くなったけど、今から行くから……」

「え、今から来たって意味ないですよ」

「だいたいどうして俺を置いていった！　あの後、大変だったんだぞ、若月会長の相手するの！」

佐田は深山を怒鳴りつけてくる。

「たくさんの案件がもらえて良かったじゃないですか……」

「それは良かったけれども、それとこれとは別だろ！」

「別ってなんですか？」

「別っていうのは、会長の相手すんのと会長から案件もらうっていうのが……」

電話口から佐田があれこれ言っているところに、足音が聞こえてきた。

「あのぉ！　すみませーん！」

頭に白いタオルを巻き、オーバーオールを着た青年が、深山たちを追いかけてきた。

「追ってきたのか！」

明石が震えあがった。

「師匠、逃げてください！」

穂乃果も深山に声をかけた。

「おい深山、聞いてるか？」

佐田が騒いでいるが、深山は足を止め、佐田がしゃべっている途中なのを無視して通話を切った。

「先ほどは、父たちが失礼しました」

青年は頭を下げた。

「お父さん？」

穂乃果が尋ねると、

「重盛守（しげもりまもる）と言います……少し、いいですか？」

青年は自己紹介をした。先ほどの重盛の息子だという。

守は話しはじめた。

「事件があったとき、僕は四歳でした。だから、何か大人たちが騒いでいるなどという程度にしか記憶はありません。でも、気にかかっていることがあるんです」

「と、いうのは？」

深山は尋ねた。

「実は……二年前、幼馴染みの圭太がこの村を出ていくときに気になることを言ってたんです」

——二年前、村で赤ちゃんの頃から一緒に育った高坂圭太が引っ越す前のことだ。誰もいない神社に二人はいた。そのとき、ふいに圭太が言った。

「あの犯人、山本って人じゃないと思うんだ」

あの犯人、と言われただけで、なんの話のことかは守にもすぐわかった。この村では好んで十五年前の事件の話をする者は誰もいないが、大きな事件だったので、幼かった守も一応、知っている。

「え？　じゃあ、誰がやったんだよ」

守は尋ねた。

「そこまではわかんないけど……」

圭太は言葉を濁し、話はそこで終わった――。


そう話すと守は父の発した気になる言葉について、語りだした。

「そいつはその後すぐ一家で海外に行って、そのまま音信不通になってしまって。俺、気になって父に聞いたんです。そうしたら……」

守は、自宅で重盛に圭太から言われたことを話し、本当に犯人は山本なのかと尋ねてみたという。

すると、「今さら何言ってるんだ。裁判でも山本が犯人だと」と重盛は顔色を変えた。

「だったら、圭太はどうしてあんな話……」と食い下がる守の言葉をすべて聞き終わる前に、重盛は強い口調で守にこう言い切った。

「犯人は山本だ！　おまえ、村で余計な詮索するなよ。あの事件のことは村のみんなが思い出したくないいんだ。わかったな？」

重盛が血相を変えて言うので、守は納得できなかったが「はい」とうなずいて、この話がその後、重盛家で出ることはなかったという――。

「うちの父、普段はおとなしいのに、そのときだけ妙にムキになって……」

守は深山に言った。

「……事件のこと調べてるんですよね？」

「はい」

うなずいたのは、穂乃果だ。

「俺にも協力させてもらえませんか？　俺、本当のことを知りたいんです」

守は深山たちに訴えた。

＊

夜、佐田は自宅で夕食のテーブルを囲んだ。リビングの大きな窓からはプールが見え、遠くに波の音が聞こえる。リビングにある革張りの椅子には、愛犬のトウカイテイオーJr.がちょこんと座っている。

「ごちそうさま。エリさん、手伝ってもらってありがとう」

由紀子(ゆきこ)はエリにほほ笑みかけた。

「おいしかったです。……あの、本当にいいんですか、ずっとお邪魔してしまって……」

「……」

エリは恐縮している。そんなエリに佐田は笑顔で「気にしないで……」と語りかけようとしたが、娘のかすみが佐田の言葉を遮って言った。

「もちろん、大歓迎！　逆に、こんな海に近いだけの辺鄙(へんぴ)な所でごめんね」

「辺鄙って逆に、マスコミや野次馬が来ることは絶対にないから安心だ。なあ、かすみ」

佐田はかすみを見た。娘の前でいい格好をしたかったのだが、かすみは佐田の顔を見ようともせずに、エリに声をかけた。

「私の部屋に行こう」

「かすみ！」

佐田がかすみを呼んだが、完全スルーだ。

「ピアノのお話聞かせてよ」

「うん……ごちそうさまでした」

エリはかすみに手を引かれ、二階に上がっていった。

「かすみって、呼んでるよ」

もう一度呼んでみたが、佐田の声には反応しない。

「……あいつは、まだ誕生日のこと怒ってるのか」

佐田は由紀子に尋ねた。

一か月前、かすみの誕生日を忘れたことを相当根に持たれているようだ。思えばあの日は南雲の事務所をはじめて訪ねた日で、そこから検察側の証人の事務所に行き、刑事事件専門ルームに戻ってからは弁護士の落合陽平にその証人の過去を調べろと指示をしたりと、バタバタしていたのだ。

これまでも、そうやって何度も家族のイベントを仕事でドタキャンしては顰蹙を買い、言い訳をしては由紀子にもかすみにも「説明になってない」とそっぽを向かれている。

「誕生日だけじゃないわよ」

「なに？」

佐田が尋ねると、由紀子はスマホを操作して、画面を見せた。ＳＮＳ上には、エリに対する誹謗中傷があふれている。

「なんだよ、これ」

佐田は顔をしかめた。

「エリさんに対するネットの書き込み、ひどいことになってる。かすみも見て不機嫌になってるのよ。エリさん何も悪くないんだから」

「それでどうして俺が怒られるんだ」

「怒るのは期待してるから。エリさんのこと早く助けてあげてほしいと思ってるの。かすみも、私も」

「……ああ、わかってるさ」

佐田は渋い顔でうなずいた。

その頃、南雲は一人、事務所でパソコンに向かっていた。

『死刑囚の娘』などのエリへの誹謗中傷の数々を見て、胸が真っ黒に塗りつぶされたような気持ちになる。

――このままでいいのだろうか。

南雲は自問自答した。

スマホを手に、エリに電話をかけようとしたが、その瞬間、南雲の脳裏にエリに言われた「嘘つき」という言葉がよみがえる。

結局、発信ボタンを押すことはできなかった。

6

夜の斑目法律事務所。バタバタと慌ただしく何かの準備をしている深山たちは、刑事事件専門ルームにいた。いつものように事件の整理をしているのとは、少し趣が異なっている。まるで、学園祭の前夜のような雰囲気だ。

「ご苦労さまです」

明石は台本屋から、再現実験のための台本を受け取った。

そして、「台本届いたぞ」と翌日の再現に向けて準備している深山たちに声をかけた。

「テントが三張りで、ワイン樽は二樽……」

穂乃果は細かくチェックしていた。

「あっ、そうだ。いない村の人の代役どうする？　八人は必要だぞ」

明石は尋ねた。

「あっ！」

穂乃果が机のひきだしから封筒を出したところに、藤野と中塚が帰ってきた。

「毒物のほうはどうでした？」

深山は声をかけた。

「当時、分析を担当した方とお会いできました」


——この日、藤野は中塚と二人で大学の研究施設へ行ってきた。

「十五年前、被害者の衣服に付いていた吐しゃ物から検出された毒は、ワイン樽に混入されたものと一致するとは断定できなかったんですね」

藤野は白衣姿の分析官に尋ねた。メガネにぴっちりと七三分けという、いかにもお堅い理系男子という雰囲気だ。

「ええ。成分の同じものはいくつか判別できたんですが、微量過ぎて、当時の技術ではどうにも……」

分析官は言った。

「当時の技術では？　てことは、今の技術では断定できるんですか？」

中塚が尋ねた。

「おそらく。実は気になってサンプルを保管してあるんです」

分析官は言った。

「Oh my God! 本当ですか?」

藤野は穂乃果のように、漫画のセリフのような声を上げてしまった。

「ただ、分析し直すことはできるんですけど……」

分析官は顔をしかめた――。


「……けど?」

報告を聞いていた深山が、続きを促した。

「そのためには、アメリカにある最新型の実験装置『スーパーセイヤージーンスリー』が必要なんだそうです。使用料も高額らしいんですけど……」

中塚は言った。

「それ、本当に日本じゃできないんですかね?」

しばらく考えていた深山は、改めて中塚を見た。

「……あ、副団長」

「あっ、はい」

中塚は深山に副団長と呼ばれ、目を丸くした。

三年前、中塚は『いとこんち』でプロレスラーと打ち合わせをしていた。

中塚はプロレス好きが高じて、Tシャツなどのデザインを手掛けるようになったのだ。そこに突然アメリカ帰りの彩乃が現れ、中塚をそう呼んだ。

二人はプロレス好きな女子――プ女子仲間で、以前からの顔見知りだった。全大会に横断幕を掲げて応援に行っている中塚は、プロレスファンの女子たちの間でそう呼ばれているということだった。

＊

一夜明け、深山たちはまた天華村にやってきていた。

昨夜から仕込んだ荷物を東京から搬入し、これまでの深山の調査でも最大の大がかりな再現実験がはじまろうとしている。

十五年前の映像や写真を見ながら、可能な限り同じ条件で再現しようと、朝から準備をしていた。守も手伝ってくれている。

「明石さん、あと十五度、時計回りで」

深山は写真を見ながら、明石に指示を出した。

「わかった、十五度時計回りで」

明石がテーブルの位置を直す。

「あっ！　俺たちは誰の子分でもねえ」

今日のために雇った劇団員の輝本がセリフの練習なのか口癖なのか、何かを言っている。

「藤野さん、カメラお願いしますね」

深山はカメラをセッティングしている藤野に声をかけた。

「はいＯＫです」

藤野は手持ちカメラでの撮影を任されている。

「いいですね。大好物！」

深山は山本役の中塚に声をかけた。

「ゼア！」

中塚は敬礼のような、プロレスラー・永田裕志の「ゼア！」という決めポーズをした。

テントが張られ、露店も再現されていて、中塚は唐揚げを揚げる役なので張り切っている。

その唐揚げの屋台近くの一台のテーブルの上にはパソコンが置かれていて、マネージングパートナー室の佐田とリモートで繋がっていた。

「穂乃果さん、こんにちは！　リモートで君に会えるなんて最高だ」

今は穂乃果に好意をよせている様子の落合が画面越しに穂乃果に声をかけてきた。

「そういうのいいから、どいて」

佐田が落合をどかして登場した。

「お疲れさまです。佐田所長、また来れなかったんですか？」

穂乃果は尋ねた。

「また？　そうですよ。二時間後にはまた！　若月会長がいらっしゃるんだ」

若月の相手をしなくてはいけない佐田は文句タラタラだ。当初は穂乃果の様子を見に斑目法律事務所を訪れていた若月は、なぜだか佐田のことがすっかり気に入ったようで『親友』とすら呼び、穂乃果がいなくてもしょっちゅう訪問してくるようになっていた。

「正確には一時間五十七分後です」

落合がフレームインしてくる。

「いいから！　それよりカメラの角度、もっと右に」

マネージングパートナー室もまた、騒がしい。

「右に」

穂乃果は言われた通り、自分から見て右向きにパソコンの位置を調節した。

「ちょっ！　逆です、逆！　ですから深山のほうに向けて！」

「深山師匠のほうに」

「それです」

「左ですよ、これ！」

「右だよ！」

佐田は相変わらずイラついている。


そこに、村人たちがぞろぞろとやってきた。

「こんにちは、いい天気ですね」

深山は明るく声をかけた。

「ここまでやるのか……」

重盛は、大掛かりなセットに圧倒されている。

「ええ、実際により近いほうが事実に近づけるんで」

深山はうなずいた。

「ありがとうございます。ご協力いただいて」

穂乃果は太田のほうに行き、礼を言った。

「穂乃果さん、行かないで」

パソコン画面の中では落合が騒いでいる。

「うるさい！　おい、どこへ行くんだ！」

佐田は落合に注意しながらも、自分も穂乃果がどこに行ったのかと騒いでいるが、現場の穂乃果はまったく聞いていない。

「守がどうしてもと言うからだ。あんたたちのためじゃない」

太田は相変わらずの気難しい顔つきで、人一倍、再現実験のために働いている守を見つめた。

「ただし、一度再現をやって山本以外犯人はいないとわかったら、二度とこの村に来ないと約束しろ」

太田は言った。

「それは……」

なんともわからない、と深山は言いかけたが、

「わかりました、ありがとうございます」

穂乃果が勝手に返事をした。

と、そこに、人目を引く中年の男性が通りかかった。白髪をオールバックにし、ぎょろりとした ド迫力の目つきにでっぷりとした体格で存在感たっぷりだ。あまりカタギの匂いはしないが……。

「あ、ご紹介します。今回の再現で設営の手伝いと、お亡くなりになった方の代役をやっていただく劇団のみなさんです」

穂乃果は言った。

「なんなんだ、劇団って」

パソコンの中で佐田が声を上げた。

「おい！　みんな集合」

ド迫力の男性が、劇団員たちに声をかけた。

「へい、兄貴」

再現実験のセット作りを手伝っていた中年男性たちが集まってくる。

「劇団？」

「劇団ってなんだ？」

重盛をはじめ、村人たちは首をかしげている。

「役者さんじゃないですか？」

落合がフレームインしてくると、

「そりゃわかってる……近いよ！」

と、佐田に怒られている。

「座長の工藤です。アメンボ赤いな、あいうえお」

自己紹介をしながら、工藤和也は真面目に発声練習をした。

だが、深山は再現実験を早くはじめたいのか、「そういうの大丈夫なんで」と工藤に言う。

「そういうの？　俺がナメられんのはしょうがねえ。でも兄貴たちナメたんなら許さねェぞ！　取り消せ！」

深山に食ってかかってきたのは、劇団員の金子ノブオだ。

だが、すぐに工藤が「ノブオ、そういうのやめとけ！」と制した。ノブオは押しかけ舎弟だ。

「兄貴……」

「活舌悪し」

「むごい……」

工藤と金子のやりとりを見ていた深山は笑った。

「あ？　気仙沼では兄がお世話になりました」

工藤は深山に改めて挨拶をした。

一か月前、気仙沼で「隙見てあいつらぶっ殺せ！」と、深山と穂乃果をダンプカーやブルドーザーでひき殺そうとした与太郎建設株式会社の社長、工藤達也の弟だ。おそらく双子なのだろう。いかつい外見はそっくりだが、気性の荒い兄・達也に比べて弟の和也のほうは非常に柔和で腰も低い。ちなみに与太郎建設の社長室には劇団のポスターが貼ってあったが、それは今、目の前にいる工藤たちの劇団のものだったのだ。

「ありがとうございました」と工藤が深山に頭を下げると、深山も「どうも……お願いします」とにっこりと笑って頭を下げた。

深山はタブレットで、十五年前に撮影された映像を確認した。映像の時刻は『十二時三十分』だ。

深山の隣には穂乃果と、アシスタント役の守もいる。事件当時、守は子どもだったので今回の再現実験には登場しないのだ。

「時刻は十二時三十分。それではみなさん、設営が終わり、二つのワイン樽が運び込まれてくるところから、いきましょう」

深山が言うと、「よろしくお願いします！」と劇団員たちも気合いを入れた。

「ちょっと深山！　また見えないよ！」

パソコン画面の中で、また佐田が騒いでいる。

「えっ？」

深山は呼ばれて振り返った。

「なんでパソコンの前に立つの！」

佐田が騒いでいるので、深山はどいた。

「カメラ回りました」

藤野が言う。

「お願いします」

穂乃果が言い、

「どうぞ！　お願いしまーす！」

守が村人たちに向かって声を張り上げた。いよいよ、過去最大規模の再現実験がはじまる。

＊

「ワインショイ、ワインショイ……」

「わっしょい」をアレンジした掛け声を発しながら、重盛ら数人の村人が倉庫の奥から『天華一葡萄酒』というラベルを貼った二つの大きなワイン樽を神輿のように担いできた。重盛の胸には『重盛（本人）』というゼッケンがつけられていて、ほかの村人も『山田（本人）』などと名前の書かれたゼッケンをつけている。『（代役）』と書かれたゼッケンをつけているのは工藤の劇団員だ。

樽の一つは試飲が行われるワイナリーの中——テラスのようになっているステージへ。もう一つは試飲が行われたワイナリーの表——入口の正面にむかって左に設けられた置き場へと運んでいく。

「運ばれたワイン樽は、一つはワイナリーの中に、もう一つはワイナリーの表に運ばれた」

深山は声に出し、過去の映像を確認した。

ワイナリーの表に運ばれていく樽を映す過去の映像の奥に、当時の山本たちが唐揚げを揚げる様子が映っている。

タブレットから現在、再現実験をしている景色に目をむけると、唐揚げを揚げる『山本』役の中塚と、ぽっちゃりとした村の女性『上原（本人）』がいる。上原は過去の映像とあまり外見の変化がない。

そこに、もう一つの樽をワイナリーの中に置いた人たちが戻ってきた。重盛をはじめ村人数名が、表の樽のワインを試飲した。

「ワイン樽の設置を終え、数人が表のワインを試飲。その人たちが大丈夫だったということは、運び込まれた時点では毒物は混入されていなかったということですね」

穂乃果が確認した。

「なるほどな」

パソコンの中で佐田がつぶやく。

「みなさん、村長がお見えになりました」

村人が声をかけた。

「明石、いきまーす」

時計を見ていた村長役の明石は、お付きの村人を連れて歩きだした。『村長』のゼッケンをつけているので、威厳のある歩き方をしている。

「お疲れさまです。山田くん、法被、法被」

村人が山田に声をかけ、山田が明石に法被を渡した。これも映像通りだ。

「仲間になりました」と法被を着せられた明石は、映像の中の村長と同じセリフを口にした。

「みんな、村長が来たからちょっと早いけど会場に行こう」

重盛がみんなに声をかけた。

十五年前のこの映像の時刻は『十二時五十分』——。

「村長が予定より早く着いたため、祭りは十分早めて開始された。そして、村恒例のワイン樽の鏡割りを行うため、村人たちはワイナリーの中へ入っていった」

深山も確認した。

タブレットには当時の村人たちが会場に行く映像が流れているが、目の前でも同じように明石と村人たちはワイナリーに入っていった。

「しかし、山本さんはまだ唐揚げを揚げている途中で、そのとき一緒に唐揚げを担当していた上原さんに——」

穂乃果はテントのほうを確認しながら言った。

当時、唐揚げを揚げている山本は、そばにいる上原にこう言ったという。

「今、唐揚げが大事なところで目が離せないんで、私、揚げてるんで、先に中に入ってください」と――。

「……そう言われたので、私はみなさんと一緒に中に行きました」

当人役の上原が深山に言った。

「では、その通りに」

深山が言うと、

「私が見ておくので中に入ってください」

山本役の中塚が言った。

「わかった」

上原がみんなと一緒に、ステージのほうへ行ってしまう。深山が周辺を見渡すと、動画と同じように、山本役の中塚しかいない。

「ここから山本さんは一人きりになられたんですね」

中塚が、深山を見た。深山はうなずいた。――ここからの時間こそが、警察が「ワイン樽に毒物を入れる機会があったのは山本だけだ」と判断した時間帯だ。

この再現実験で最も重要な時間帯をむかえ、深山は中塚に言った。

「二度揚げ、忘れずにお願いします」

「まかせてください」

中塚がうなずくのを確認し、深山は会場内に入っていった。

「おい、どこ行くの？」

リモートで実験を見ていた佐田のことは、みんなすっかり忘れていた。

「穂乃果さん、行かないでくれ～」

落合も騒いでいる。

「どこ行くのって！」

佐田は声を張り上げた。

「えっ？」

深山が振り返ると、

「パソコン、中に連れていきなさい！」

佐田が激しく主張していた。だがノートパソコンはそのままだ。

深山と穂乃果、そして守も、村長の挨拶が行われるワイナリーの中へと移動した。会場の両脇には紅白の垂れ幕が張られており、いかにもお祭りといった雰囲気だ。そして板張りのテラスのようなステージに村人が集まり、これから村長の挨拶がはじまるところだ。

その様子を、当時と同じように、一番後ろから『太田（本人）』のゼッケンをつけた太田が手持ちのカメラで撮影している。

「今年も無事に収穫を終えることができました。でも、これで、この環境のなかで……これで甘えちゃいけないんです」

明石は会場に設けられたステージに立ち、台本通り村長の挨拶を再現していた。その奥には小さな祠（ほこら）があり、鳥居には『天華乃輪稲荷』と書かれた看板が掲げられている。

「甘えたら世界には絶対、勝てないです。だからチームとして、もう一回決定力をみんなで磨いて、もう一回来シーズンもみんなで頑張りましょう。では、唱和お願いします。ワインショイ、ワインショイ！」

村長役の明石が村人たちをあおった。

「ワインショイ、ワインショイ」

村人たちも盛り上げる。

「明石、割りまーす」

明石は台本通り、ワイン樽の上に置かれた板を、木づちで割ろうとした。

「あの！」

上原が声を上げた。

「はい？」

明石が動作を止める。

「村長は毎年、一回ボケてから樽を割っていました」

「ボケてから？」

明石はキョトンとした表情を浮かべた。

「おい！　台本読んでねえのかよ！」

村人役の輝本から野次が飛んだ。

「役者じゃないんだから」

明石は言い訳をした。

「やかましいわ！」

ほかの劇団員も声を上げる。

「なんでそんなに怒るの」

落ち込んでいる明石に向かって、

「正確にお願いしまーす！」

一番後ろから見ていた深山が声をかけた。

「あの年は、いきなり上を叩くんじゃなくて一回横を叩いていました。それでみんな大爆笑になって」

上原が言った。

「そんなことで大爆笑になるのか？」

明石は疑問を呈した。

「『忠実にやって』って、伝えて」

深山はそばにいた守に言った。

「はい……忠実にお願いします！」

守は明石に向かって叫んだ。

「忠実にやれ！」

劇団員たちからも声が飛び、

「やれや～」

穂乃果もそれに乗じた。

「わかりました。やります……明石、ボケまーす」

明石は上を叩く振りをして、樽の横を叩いた。

「懐かしいな」

「いい村長だったよな」

明石がボケたのだが、笑いは起こらず、しみじみと村長を懐かしむ声があちこちから聞こえてきた。たしかに、十五年前の動画に残っている当時の村長は、白髪頭でニコニコした、実に人のよさそうな老人だった。

「嘘だろ……明石、割ります……」

明石もしんみりと、樽のフタを割った。


そして、鏡割りも終わり、開けられた樽から汲まれたワインを、村人たちが配りあうなか、中塚がやってきた。

「二度揚げ終わりました」

中塚は唐揚げを頬張りながら報告した。

「ここで、山本さんも中に入ってきた」

深山は台本をたしかめながら言った。中塚は唐揚げをもぐもぐ食べながら、かつて山本がそうしたように、カメラを回している太田の前方に立った。十五年前も、ここで山本がフレームインしているのだ。映像の時刻を確認すると、十二時五十七分だ。

「ここまでの七分間が、山本さんだけが毒物を入れることのできた空白の時間ということか」

深山は言った。山本が映っていないのは、十二時五十分に上原が先にここへ来てから一人で唐揚げを揚げていた七分だ。

「では、ご唱和ください。カンパワイン！　カンパワイン！」

「カンパワーイン！」

明石と村人たちは乾杯をしてワインを飲んでいる。

「後は、みんなで表に出て祭りがはじまった」

太田は言った。

そして村人たちは屋台がある外へ出ていった。深山たちは祭りを楽しむ演技をする村人たちを見ていた。時刻は十三時前だ。再現実験がはじまってから約三十分が経過している。

事件当時、村人たちの何人かが表に置いたワイン樽からワインを注ぎ足して飲み、バタバタと倒れた。

十五年前のその状況を再現し、村人の役を演じていた工藤をはじめとする四人の劇団員が、おおげさに胸や喉を押さえながら「うっ……」と苦しむ演技をし、見得を切って自分の見せ場を作り、地面に倒れた。

「どうした……」

重盛が声を上げる。

当時の映像を確認すると、予想外の事態に撮影者の太田も焦ったのか、カメラは下を向き、テーブルに置かれていたワイングラスをしばらく映して、映像は途切れた。

「守。もういいだろ」

十五年前の映像が終わるところまで再現が終わったので、太田は守に尋ねた。

「ここまでです」

守が言い、

「カットしまーす」

藤野がカメラを停止した。

「工藤さん、芝居、濃いですね」

深山は倒れる村人役を演じ、起き上がった工藤に声をかけた。

「アイムソーリー」

工藤が肩をすくめる。

「すぐに救急車を呼んだが、隣の町から来るからかなり時間がかかる。そこで山本さんが症状が重い人を先に病院に搬送すると言い出した」

――重盛が、深山に当時の状況を説明しはじめた。

「俺の車だけでは乗り切れないから咲子にも来てもらいます」

山本が申し出たので、

「頼む！」

重盛が言うと、

「はい！」

山本は自宅に電話をかけた――。

「山本さんの奥さんとエリさんだけは自宅にいたんですね。エリさんが小さかったので、奥さんは外出を控えていたそうです」

重盛の話を受けて、穂乃果は説明を加えた。重盛はさらに当時の状況の説明を続ける。

——電話を受けた咲子は幼いエリを抱き、自宅車庫のシャッターを開けた。そしてエリを配送用のバンのチャイルドシートに乗せ、自分は運転席に乗り込んで、車を発進させた。そして会場にやってくると、山本がエリをチャイルドシートから降ろして上原に預けた。

「すみません。ちょっとだけお願いしますね」

咲子はエリを託した上原に言った。

「ママ！　パパ！　いってらっしゃい！」

聞き分けのいいエリは、泣いたり駄々をこねたりせず、上原に抱かれながら山本と咲子を見送った。

「お願いします」

村人たちが倒れた人たちを車に乗せ、咲子の運転でバンは病院に向かった——。

「二台で病院に運んでいったんだ」

重盛が言うように、山本の車と、バンの二台で病院に向かった。

「なるほど……」

深山はうなずいた。

「これでわかっただろ。さっさと村から出ていってくれ！」

太田は深山に言い、去っていった。

「守も、いいな？　もう事件のことは忘れるんだ」

重盛が守に言い、太田に続く。

「……はい」

守は深山に会釈をして、重盛を追って歩きだした。

「……最後に一ついいですか？　犯行に使われた薬品のボトルは誰が見つけたんですか？」

深山は去っていく太田たちに声をかけた。すると少し間を置いてから、山田がそっと手を挙げた。

「山田くん！」

深山は思わず声を上げた。

「はい！」

山田は高らかに返事をした。

「いい返事」

「ありがとうございます」

山田はうれしそうだ。

その後、山田は深山たちをボトルが捨ててあったぶどう畑に案内した——。

7

夜、深山たちは刑事事件専門ルームに帰ってきた。

「こんだけお金使って、おまえら、いったい何やってきたんだよ」

佐田は領収書の束を手に、怒りに声を震わせた。

「しっかり検証してきましたよ」

深山は飄々（ひょうひょう）と答えた。

「だいたい、なんなんだ、この劇団員に謝礼十五万円って」

「劇団員が六名分。交通費込みで十五万円……」

穂乃果が答えた。

「そういうことは聞いてません。これだけ金かけて、『山本さん以外に毒物を入れるチャンスは誰にもなかった』とたしかめただけなのか！」

佐田は請求書を叩きつける勢いで怒鳴りまくった。

「あっ……はい」

穂乃果は思わずうなずいた。

「でも一つ、疑問があるんです。そもそも山本さんは開会式がはじまる十三時に合わせて唐揚げの調理を終えようとしていました。でも、たまたま村長が早く到着したことで開会式は予定より早くはじまったんです」

村長が十二時五十分に到着したので祭りの開始が早められたのだ、と深山は説明した。

「Ｆｒｏｍ ｔｈｅ ｓｉｔｕａｔｉｏｎ（フロム ザ シチュエーション）！　山本さんが計画して一人で残ったわけではない、ということナンデス！」

ビシ、とポーズを決めそうな穂乃果を、深山が制した。

「うるさい！　今話してるから」

「すみません」

師匠に怒られ、穂乃果は素直に謝った。

「もう一つあります。犯行に使われた薬品のボトルはこのぶどう畑に捨てられていました」

深山は現場の写真を指さした。村人の山田に現場を案内してもらい撮影したものだ。

「それがどうしたんだよ？」

不機嫌な佐田の眉間にはずっと深いしわが刻まれている。

「実際に唐揚げの二度揚げをしてみて気付いたんですが、すべてを揚げ終えるためにはずっとそばに張り付いていないといけません」

中塚は再現実験中、調理中の鍋から目が離せなかったと主張した。

「あっ、そうだ思い出した。あなたあのとき、パソコン、パッて閉じて電源切ったろ。しかも何か食べていたね」

中塚の発言に佐田は昼間のことを思い出し、また青筋を立てている。


――昼間の天華村での再現実験中、深山たちがみんな中へ行ってしまい、佐田たちが東京から見るパソコンの画面には天華村の景色以外、何も映らなくなった。

「おい中塚！　いるんだろ？　早く俺も中へ連れていけ！　君、何か食べてるね。それ唐揚げじゃないのか？　食べる暇があったら……」とパソコンの中から佐田は騒いでいたが、中塚は唐揚げを一つ口に放り込み、

「ふるはいいなあ」

と、聞こえないようにつぶやき、パソコンを閉じた。

「中塚、おい、美麗、おい、中塚、会場へ連れてってくれ」

佐田が叫んでいたが、中塚は取り合わなかったのだった——。

「そうだ、おまえあのとき、なんで切った?」

佐田は執念深い。

「ちょっと所長、私が言いたいのは、パソコンの所に行くだけでも必死だったのに、ボトルを捨てに行く余裕なんてなかったということです」

中塚がそう言ったとき、電話が鳴った。

「出ます」

中塚は電話に向かった。

「……で、ほかには? 後は何がわかった」

佐田が尋ねる。

「今のところは……ビシ! それだけナンデス!」

そう言ったのはなんと深山だ。穂乃果のいつもの決めゼリフを真似して人さし指と中指で佐田を指し、大きく目を開けておおげさな表情でポーズを決めた深山に、刑事事件専門ルームは一瞬静まり返った。だが、深山は構わずに持って帰ってきた山本の大学ノートを取り出し、見はじめた。ひとり穂乃果だけが、師匠の深山が自分の口調を真似たのでうれしそうに笑みを浮かべていた。

「なんの確証も得られてないじゃないか！　それだけで山本さんの無実を証明できるか」

だが、佐田のイライラはおさまらない。

「自分は来なかったくせに」

明石は冷たく言い放った。

「おまえが俺を置いて勝手に行っちゃったからでしょうが……」

「ごめんなさい」

明石が謝るのを、深山は飴を舐めながら眺めていた。

「佐田所長、お客様がお見えだそうです」

電話を切った中塚が佐田に声をかけた。

「若月会長か！　こんな時間に」

佐田は慌ててホワイトボードの書き込みを消しだした。

「あー、もう消さないで。違いますよ」

中塚は佐田の手をつかんだ。

「俺を止めんなよ、離せって！」

佐田はそれでも消し続けている。

「どうして毎回若月会長と聞くとジタバタするんでしょうね」

藤野に問いかけられ、

「さあ」

穂乃果はすっとぼけた。

「若月会長じゃありません！」

中塚は声を上げげた。

「えっ！　違うの？」

佐田はようやく手を止めた。バタバタしているなか、深山はノートを見続けていた。

＊

「お待たせいたしました」

佐田と深山と穂乃果がロビーに出ていくと、そこには南雲が立っていた。

「……どうか、エリを助けてください」

南雲は深く頭を下げた。

その後、四人は応接室に移動した。

「山本さんからは、事件後すぐに連絡があって、私が弁護を受け持つことになったんだ。彼の人柄はよく知っていた。だから絶対に無実だと信じて最高裁まで闘った。だが……私には力が足りなかった」

南雲は当時の心境を語りだした。だが、深山は穂乃果に持ってきてもらった山本のノートを手に、少し離れた席に座り、くるりと椅子を回してみんなに背を向けて熱心に読みだした。

「私がエリを託されたのは、一審の判決が出てすぐのことだった」

南雲は言った。

山本は接見室で「南雲……エリを頼む。あの子には死刑囚の娘として生きてもらいたくないんだ」と南雲に頼み込んだという。

「エリを引き取ったのは、はじめは山本さん夫婦への義務感からだった……それでも、大きくなっていくエリを見守るうち……」

幼いエリを、子育て経験のない南雲が一人で育てるのは無理があるかと思ったが、エリはすぐになつき、南雲をパパと呼ぶようになった。

「パパ！」

四歳ぐらいのとき、エリが仕事中の南雲のもとに走ってきた。そして一枚の画用紙を差し出した。それはクレヨンで描いた南雲の笑顔だった。南雲はエリが心から愛おしくなり、抱きしめた。その絵は今でも部屋に飾ってある。

「私も実の娘のように大切に思うようになっていった」

エリのためにも、山本の無実を証明したいと必死だったという。

「だが、私は結局、山本さんの無実を証明することもできず……エリも守れなかったことになる……」

南雲はうなだれた。

「……無実だと信じた人間を救えなかった、あなたの無念の気持ちとか罪悪感は、そりゃわかります。だからと言って、それだけでどうして弁護士としての道を踏み外してしまったんですか？」

佐田が尋ねると、南雲はしばし黙り込んだ。応接室内は、重い沈黙に包まれた。

「……山本さんを殺したのは、私だ」

南雲は絞り出すような声で言った。

「え……」

それまで黙っていた穂乃果が、思わず声を上げた。

「どういう意味ですか？」

佐田は尋ねた。

「私には、山本さんを無罪にすることができる可能性があった」

南雲は言った。

佐田も穂乃果も南雲が続きを話しだすのを待っていたが、深山はノートに書かれた山本の日誌のある箇所を、集中して読み込んでいた。

「裁判がはじまってしばらくして、ワインの卸業者の更家歩さんから連絡があった。話を聞くと、事件当日たまたま会場に立ち寄り、山本さんがワイナリーに入った後にワインをこっそり試飲したと言うんだ。それなのに彼の体に異常はなかった」

――十五年前、更家が南雲の事務所を訪ねてきて言ったのだという。

「今までは飲酒運転で逮捕されるのが怖くて黙ってたんです。でも、山本さんが無実の罪で疑われていると奥さんに聞き、心が痛みまして……」

そう言って更家は、南雲が出したお茶を飲んだ――。

南雲は今でもその光景をはっきりと覚えている。

「その証言さえあれば、山本さんを無罪にすることができる……だが、私は違和感を覚えた。なぜならその話は、山本さんが犯行に及んだのが空白の七分間だったと、裁判で検察が主張した後だったからだ」

南雲は苦しそうに顔を歪めながら話し続けた。

「私は彼を問い詰めたよ。なぜ今さらってね。そしたら……」

当時、南雲は「更家さん、本当のことを言ってください、更家さん」と更家を問い詰めた。すると「すみませんでした」と更家は南雲に頭を下げたという。

「昔、仕事で苦しかったときに山本さんに助けてもらったことがあって、その恩返しのつもりだったと口を割った」

「恩返し？　会場に立ち寄ったというのは嘘だったたってことですか」

佐田は尋ねた。

「ああ。彼は事件当日、会場どころか村にも来ていなかった」

南雲の答えに、佐田は黙り込んだ。

「だが、その事実を知りながら、私も山本さんを救いたい一心で更家さんを証言台に立たせた」

——その日、南雲は結局、山本の裁判に証人として更家を呼んでいた。

「証人はお座りください」

裁判長の川上が言い、更家が証人席に腰を下ろした。

「それでは弁護人、どうぞ」

川上に促されたが、南雲はまだ悩んでいた。被告人席の山本と、傍聴席の咲子を見つめた。二人とも期待に満ちた目で南雲を見ていた。

だけど……。

「裁判長。質問はありません。質問を終えます」

それだけ言うと、南雲は着席した。

法廷内はざわつき、咲子は悔しそうに目を閉じた。

山本は大きく息を吐き、うつむいた——。


「私は、山本さんを救える唯一のチャンスを逃してしまったんだ……」

南雲はそれ以降、激しく悔いているようだった。

「法廷で嘘の証言をさせるわけにはいきません。南雲先生は、弁護士として当然のことをしただけです」

穂乃果は言った。

「だから山本さんは死んだ」

だが、絞り出すように言った南雲の言葉に、佐田も、穂乃果も、何も言えなかった。応接室内に何度目かの重い空気が流れたが、そこに、場違いな寝息が聞こえてきた。

佐田たちが見ると、日誌を読み終えた深山は椅子にもたれ、足を投げ出し、気持ちよさそうに眠っていた。

「……深山！」

「師匠！」

佐田と穂乃果が声を上げたが、深山はすやすやと眠り続けていた。

＊

南雲が帰った後、穂乃果は刑事事件専門ルームで山本のノートを見ながら電卓を叩いていた。三人のパラリーガル、そして落合も一緒だ。

「いや〜、穂乃果さんのお役に立ててうれしいなあ。こう見えて僕、電卓技能検定一級を取得しているんですよ」

落合は誰よりも早いスピードで計算していった。資格マニアの落合はプラモデル検定二級、ジグソーパズル超達人検定一級、空手二級、柔道初段、ジークンドー四級、画像処理検定資格はエキスパート称号、検索技術者検定一級などを有していて、ときに刑事事件専門ルームの調査で重宝されることもある。

だが、穂乃果は落合の話など無視し、作業に集中していた。

「ちゃんと見て打ちなさいよ。無駄口叩くな」

佐田はみんなに言い、一番計算が遅い明石を見た。

「早くしろ、おまえ遅れてるぞ！」

「話しかけないで！　どこまで計算したか……ほらあ、わからなくなった」

明石はすっかり混乱している。

「はあ⁉」

佐田は顔をしかめ、明石から藤野に視線を移した。

「藤野くん、作業終わったら連絡くれ。いったん部屋に戻る」

そして自分はさっさとマネージングパートナー室に戻っていった。

「バイバイ」と藤野は佐田の後ろ姿に声をかけてから「頭出し終わりました」と深山に報告した。

「どうも……」と言いながらも、深山はパソコンで事件当時に太田の撮ったビデオを何度も見返し続けている。

「深山、おまえが言い出したんだからちょっとは手伝え！」

明石は深山に声をかけた。

「……え？」

深山は耳に手を当て、聞こえていないふりをした。明石はよくこの手ではぐらかされるので「聞こえてるでしょ！」と文句たらたらだ。

「こっちは二〇〇六年、終わりました」と中塚は自分が計算を終えた分を差し出し、

「そっちは？　明石さん」と明石に尋ねた。

「ああ！　またわかんなくなった！」

「……使えねなぁ」

中塚はチッと舌打ちをしそうな勢いだ。

「聞こえてるぞ！」と明石は計算しながら抗議の声を上げる。

深山はパソコンで、さらにビデオを見返していた。映像には村人の山田が、山本の家のガレージを開け、中に入っていくところが映しだされていた。

それから数分が経過し、ようやく集計が終わった。藤野は穂乃果がホワイトボードに

書いた計算式を見て「字がきれい」と褒めている。

「深山師匠が指摘した通り、一本分、合いませんでした」

穂乃果が言った。

「終わったか?」

佐田が戻ってきた。

「It makes no sense whatsoever（イットメイクスノーセンスホワットソーエバー）」

穂乃果が声を上げたが佐田はわけがわからず、きょとんとしている。

「ロボット検事ケーンです」

藤野が説明した。

「え……娘さんのね」

佐田が、藤野の娘たちが『ロボット弁護士B』を読んでいたことを思い出して言う。

「つじつまが……ビシ！　合わナインデス！」

穂乃果が人さし指と中指を突き出し、いつものポーズを決めた。

「これがロボット弁護士Bです」

藤野がまた説明する。

「これ、おもしろいの?」

佐田が藤野に尋ねた。

「おもしろくはないです」

藤野は淡々と言った。

「そろそろいいかな？」

深山はメンバーたちを見た。

「山本さんは薬品の使用量を毎日、このノートに記録していました。山本さんが薬品を使ったのは五年間、この五年分を合わせると一七八リットルです。薬品は一本あたり二リットルだから八十九本分。この八十九本にプラスして事件の後、ガレージからは五本の薬品が押収され、現場には空きのボトルが一本あった。ということは山本さんが五年間で購入したボトルは全部で九十五本となる」

深山は山本の日誌と、ホワイトボードに描かれた『一七八リットル』『八十九本＋五本＋一本＝九十五本』などの数字を示しながら説明した。穂乃果たちが計算したものだ。

「ところが薬品会社の記録を見ると、山本さんが購入した本数は九十六本、一本多いんです。……その一本はいったいどこに消えたんでしょうか？」

深山が重大な疑問を提起した。

「ちなみにその疑問を導き出したのは僕の計算能力ですよ、穂乃果さん」

落合がアピールした。

「うるせえな！　俺だって計算したぞ」

明石はムキになって言ったが、佐田は二人のやりとりなどまったくスルーし、深山に尋ねた。

「つまり、誰かが山本さんの名をかたって薬品を手に入れた可能性があるってことか？」

「それと藤野さん」と深山は藤野に映像を再生するよう頼んだ。藤野は「はい！」と即座に映像を再生する。

「この映像を見てください」

パソコンにはワイナリーでの鏡割りの後のシーンが映し出されている。

「山本さんが二度揚げを終えて中に入ってから……」

山本が遅れてやってきて、太田の前方に立ったので映り込んだところだ。

「この瞬間から、画面が一分四秒、カメラの画面が固定されています。カメラはどこかに置かれていたということです」

「山本さんは今、こっちにいるので、表には誰もいない状態です」

中塚が『天華一葡萄会』の会場全体の状況を説明した。

「つまり、これを撮影した人は、この一分の間は自由に動けた」

藤野がするどく、重要なポイントを指摘した。

「全員、壇上に注目していて誰もカメラのほうを気にしてないな。この間に薬品を入れに行くことは可能だ」

佐田は言った。つまり、山本以外にもワイン樽へ毒物を混入させられる人物がいた可能性が浮き上がってきたのだ。

「このビデオ、撮影していたのは……」

明石は思わせぶりに言った。

「太田さんです」

穂乃果が言うのを聞き、深山はビデオを撮影していた太田の様子を思い浮かべた。

＊

翌日、深山と穂乃果は山本が取引していた『枝島(えだじま)薬品株式会社』を訪れた。

「なにぶん十五年も前のことですので……当時、山本さんを担当していた人間もすでに退社しておりまして」

作業をしていた社員が話を聞いてくれた。隣では別の社員が薬品を箱詰めしている。

「その方の連絡先を教えていただけませんか」

深山は頼んでみた。

「それが、歳もいってたもんで、ちょうど去年の今頃……」

もう亡くなったという。

「……そうですか」

深山も穂乃果もガックリとうなだれた。

とそこに、「山田くん、お待たせしました」という声が聞こえてきた。

同じフロアの別の場所で薬品を箱詰めしていた社員が声を上げたのだ。

「はい！」

覚えのあるいい返事が聞こえたので深山が振り返ると、そこには天華村の村人・山田がいた。

「お待たせしました」

社員が山田に薬品の入った箱を渡した。その箱はガレージの写真にあった箱と同じものだ。山田は深山たちの視線を避け、そそくさと帰っていった――。

その頃、守は重盛家のぶどう畑で、芽かき作業をしていた。

「……守、そろそろ休憩しよう」

そこに重盛がやってきた。

「もう少しやってからにするよ」

キリのいいところまでやってしまいたい守は言った。

「いいから。ちょっと休め」

いつになく強い口調で言う重盛を、守は怪訝そうに見た。

「……話があるんだ」

重盛は真剣な顔で守を見た――。


刑事事件専門ルームに戻ってきた深山は、現場検証のガレージの写真を見ていた。

「深山！　山本さんの奥さんの咲子さんの乗っていた車の大きさのことだけど、わかったから山本さんのガレージの大きさに合わせて作ってみたの」

明石が深山に声をかけた。

「ずいぶんたくさん『の』って言ったね」

藤野が言ったが、明石はそれに関してはコメントせずに深山に図面を渡した。

「なに言ってるか、全然わかんないよ」

深山はそう言いながら図面に目をやる。そこには山本家のガレージが描いてあり、別の紙で咲子の乗っていた車を、車庫の図面と同じ縮尺で作ったものが用意されている。

深山は明石が作ってくれた咲子の車を、図面に合わせた。けっこうギリギリだ。

「車がこの大きさだと、やっぱりこの箱は咲子さんが車を出した後に動かされたってことか……」

深山は言った。

「えーっと、車があったら箱が動かせない。箱が動かせなければ薬品は盗めない……ってことですよね？」

穂乃果が図面を見ながら、言った。

「よし！　わかった。薬品は咲子さんが車を出した後に盗まれた！　それなら家に誰もいないから、シャッターの音も気にならない」

明石は金田一耕助シリーズでお馴染みの等々力警部の口調で言った。ポンッと手を打ち、犯人がわかったと口にするが、いつも早とちりで的外れな等々力警部だ。

「パイセン！　パイセン！　咲子さんが車を出したのは事件が起きた後ですよ。毒を飲んだ人が倒れてから、毒、盗んでどうするんすか？」

穂乃果が言ったと同時に、スマホが鳴った。

「どうするんすか？」

藤野が穂乃果の代わりに尋ねた。

「じゃあ、誰がなんのために動かしたんだよ」

明石はムッとして言った。

「もしもし。守くん？」

穂乃果はくるりと背中を向け、スマホで話しだした。

「あ、山本さんが事件後に確認したとか」

中塚が言った。

「え？」

電話中の穂乃果が声を上げたので、深山はそちらに意識を集中した。

「あ、なるほどね」

藤野が中塚の説にうなずき、

「いや、それだといつどうやって薬品盗んだかわかんないよ」

明石が言った。

「ちょっと静かに」

深山に言われ、みんなも穂乃果を見た。

「はい」

穂乃果は電話を切り、振り返った。

「守くんのお父さんが、話があるそうです」

「お父さん……」

深山はつぶやいた。

8

翌日、深山と穂乃果は南雲を連れて、天華村の重盛のワイナリーを訪ねた。倉庫のように暗いワイナリーの中は、ひんやりとしている。

「父さん、いらっしゃったよ」

守が重盛に声をかけた。

「どうも」

深山と穂乃果は重盛に頭を下げた。

「あんたも来たのか」

重盛は深山たちの後ろにいる南雲を見て、表情を曇らせた。

「ご無沙汰しています」

南雲が礼儀正しく挨拶をしても、重盛は無言だ。

「それで、大事なお話って……」

穂乃果は守に尋ねた。

「父は迷ってたんですけど、俺はみなさんにも知らせたほうがいいと思って……」

守は重盛を見た。

「今から話すこと、私から聞いたとは絶対に言わないでほしい」

重盛は深山たちの顔を見た。

「言いません」

深山がきっぱりと言うのを確認して、重盛は話しだした。

「十五年前、太田さんは山本さんが使っていた薬品を密かに手に入れていた」

「本当ですか?」

穂乃果は丸い目をさらに丸くした。

「嘘言ってどうする。太田さんは山本さんのワインに嫉妬して、その製法を盗もうとしていたんだ。そのためには同じ薬品が必要で『山本さんの名をかたって手に入れた』とこっそり教えてもらったことがある」

「そんな大事なこと、どうして黙ってたんだ!」

南雲は話を聞くうちに熱くなり、声を荒らげた。

「Ｃｏｏｌ（クール）　ｄｏｗｎ（ダウン）！　南雲先生！」

穂乃果が声をかけた。

「なぜ黙ってたんですか？」

深山は重盛に尋ねた。

「太田さんは村のワインや農業のすべてを管理している。あの人に逆らったらこの村じゃ、やっていけないいんだ。……でも、いつまでも隠せないと思って……」

重盛が言い訳をしても南雲は到底納得できず、怒りはおさまらなかった。深山はうなだれる重盛を、無言でじっと見つめていた。

＊

「再審請求を起こすぞ！」

佐田が意を決したように大きな声で宣言した。

夕方、斑目法律事務所に戻ってきた深山と穂乃果が、マネージングパートナー室に行き、佐田に報告した直後のことだ。深山が重盛の告白をすべて伝え終えると、佐田のボルテージが一気に上がった。

「でもまだ太田さんが犯人と決まったわけじゃ……」

穂乃果は慌てて止めた。

「真犯人が誰かは、今は関係ない。もともと検察側が山本さんを犯人とした根拠は二つだけだ。あの日、薬品をワイン樽に入れられたのは山本さん以外いなかった。そして、そもそも薬品を手に入れることができたのも山本さん以外いなかった。この両方が崩れたんだ！」

佐田は興奮気味にまくしたてた。

「でも、重盛さんの話、どうも引っかかるんですよね」

深山は首をかしげながら言った。

「何？」

佐田が、盛り上がった気分に水を差すなとでもいうように、深山を見る。

「タイミングが良すぎませんか？」

深山は懐疑的だ。

「なんのタイミングだ。状況を見る余裕はない。今この瞬間にもエリさんは不当な誹謗中傷を受けて苦しんでいるんだ。一刻も早く冤罪を晴らすべきでしょう」

佐田は今後の段取りをするため、受話器を取り、内線電話をかけた。

「中塚くん、再審請求資料書きますよ！」

明らかに勇み足の佐田を、穂乃果が心配そうに見つめていた。

翌日、外出していた佐田が斑目法律事務所に戻ってくると、ビルの外でわっと報道陣に取り囲まれた。

「佐田先生！　十五年前の天華村毒物ワイン事件について、つい先ほど再審請求を行ったそうですね」

記者が佐田にレコーダーを突き出し、問いかけてきた。

「ずいぶん耳が早いですね」

佐田は素直に驚いていた。やはり四人が毒殺され、世間を騒がせた事件ということで、マスコミの注目度は高い。

「おっしゃる通り、我々は山本貴信さん以外の人物も犯行が可能だったと判断し、再審請求を行ってきました」

佐田は自信満々に答えた。

「ということは、真犯人は別にいるということでしょうか？　もう誰かはわかっているんでしょうか？」

「……まあ、目星はほぼ付いています」

佐田が答えると、フラッシュが激しく焚かれた。

「ですから、報道陣の方々はくれぐれも、今後は山本さんのご遺族に関する報道は控えていただきたい！」

佐田は得意顔で、決めた。

＊

仕事帰り、現在は裁判官として働く舞子は『うどん鳳亭』に寄った。ここは舞子の上司、川上の行きつけの店で、舞子もよく連れてきてもらった。それ以来、一人で入ることも多いが、今日は川上はいないかと探しにきたのだった。

店に入ると手前にテーブル席があり、奥にコの字型のカウンターがあるが、川上はいつもカウンター席で壁を背にして座っている。ちなみに舞子が店に入っていくと、店主が「いつものね」と、「かけうどんと鮭おにぎり」を出してくれる。

「いらっしゃいませ」

舞子の姿を見て声をかけてきたのは、プロレスラーのヨシタツだ。この店の常連で、冬でも黒い半そでTシャツでよく来ていたが、いつのまにか店主に代わって店を切り盛りしている。ずいぶんと忙しそうだ。

「お待たせしました」

ヨシタツは、カウンター席にうどんを出した。そこに座っていたのは川上だ。やはりこの日もカウンター席にいた、と舞子は思った。舞子は席に案内されるのを待つことにした。

川上がうどんを食べはじめると、店内では「ごちそうさま」と品のいい外国人紳士が席を立った。ヨシタツが「ありがとうございます。かけ、油揚げ、玉子、ワカメ、かき揚げ、ごぼ天、ちくわ天、肉、もち……で七百円になります」と会計すると「ヨシタツポイント使えんの？」と客が流暢な日本語で尋ねた。だが、「現金でお願いします」とヨシタツは答える。どうやらツイッターでよくつぶやいている『ヨシタツポイント』は、使えないようだ。

「尾崎やないか！」

舞子は、ヨシタツと客のやりとりが終わったら席に案内してもらおうと思っていたが、先に川上が気付いて声をかけてきた。

「川上さん」

舞子は、空いていた川上の隣に腰を下ろした。

「ちょっと待ってくださいね」とヨシタツが舞子に言う。客が「何に使えんの？」とポイントについて尋ねてきたからだ。「ヨシタツポイントは夢を楽しむ幻想通貨です。細かいのないですか？　メイさん」とヨシタツが答えると「ないよ。もう釣りええわ！」とメイと呼ばれた客は、帰っていった。「ありがとうございます」とヨシタツが客を見送り、店内が静かになった。

――店内のテレビには、佐田が十五年前の死刑判決に対して再審請求を行ったというニュースが流れている。

舞子はチラチラと気にしていたが、川上はニュースなど意に介さずにうどんをすすっている。舞子には、かつて自分が死刑判決を下した裁判で再審請求を起こされた川上の心中がどんなものかはわからない。そっと、川上の姿を無言で見つめていた。

＊

数日後――。

週刊誌やＳＮＳには『天華村毒物ワイン事件　真犯人を発見！』『同じ村に住むワイ

ン農家か!?』といったタイトルの記事が躍った。

ネット上では太田の顔写真や個人情報が特定され、『被害者に謝れ！』『殺人犯を逮捕しろ！』『今すぐ死刑だ！』などと罵倒する書き込みで、大炎上だ。

佐田は、マネージングパートナー室のパソコンで記事を見ていた。SNS上と同じようなタイトルの記事で、なんと黒い目線入りの太田の写真まで掲載されている。

佐田は、さあっと全身の血の気が引いていくのを感じていた。すると、そこにスマホが鳴り、佐田はビクリと警戒した。


刑事事件専門ルームのメンバーたちも、ネットの書き込みを見ていた。

「#真犯人は太田」

SNSをチェックしていた藤野がハッシュタグを読み上げると、

「あ～」

明石がため息まじりに言う。

「太田さん、十時からテレビで会見やるらしいって出てますよ」

さらにSNSを追っていた藤野が声を上げた。

「太田さんが？」と中塚が顔を上げた。

「十時。もうすぐだ」明石は時計を見て言った。

穂乃果は刑事事件専門ルームがバタバタするなか、佐田に電話をかけていた。

「なんですか！」

何度目かのコールで、佐田が出た。

「完全に太田さんが犯人扱いされてます！」

穂乃果は言った。

「だから、私は太田という名前を出したことは一回もないんだよ！」

佐田は弁解するが、穂乃果が続けて言う。

「テレビ見てください。太田さんの会見やるみたいです」

「会見？　会見やるの？」

佐田は、先日、自分が記者たちに自信満々に答えたときとはまったく違う弱気な声を上げながら、テレビをつけた。

刑事事件専門ルームのメンバーたちもまた、テレビに注目していた。

『……再審請求をしているこの事件ですが……この会見でいったい何が語られるんでしょうか？　会見がはじまるようです』

テレビ画面の中で、レポーターが言った。そして、画面は都内のホテルの会見場に切り替わった。

薄暗い会見場の長テーブルに、太田と弁護士が並んで座っている。弁護士は元検事の大友修一（おおともしゅういち）だ。襟元には弁護士バッジが光っている。

画面には『天華村毒物ワイン事件　太田保さん犯人疑惑について記者会見』とテロップが出ている。

『ええ……一部報道では太田さんが真犯人かのように報じられております。しかし太田さんは真犯人ではないし、今となっては誹謗中傷を受ける被害者であります』

大友が迫力のある低い声で切り出すと、隣でうつむいていた太田は涙を拭った。

『斑目法律事務所のおっしゃる通り、太田さんは山本さんのワインの製法を盗もうと、山本さんの名前をかたって薬品を秘かに手に入れたことは事実であります。その件に関しては太田さんのほうからお詫び申し上げます』

大友が言うと、太田は涙ながらに頭を下げた。

『本当に申し訳ありませんでした』

報道陣のフラッシュがいっせいに焚かれたが、大友は遮るように口を開いた。

『ですが、太田さんはその薬品を使用してはおりません』

力強く言う大友に、記者が尋ねた。

『それを証明することはできますか？』

『もちろん、できます。そのとき太田さんが手に入れた薬品は、ほら、この通り……』

太田がそう言うと、記者会見の机の上に、赤い液体がうっすらと透けて見える白いボトルが置かれた。

『未開封のまま、ずっと保管されていました』

その言葉に、報道陣たちはどよめいた。

「なんだって！」

テレビを見ていた佐田も、思わず立ち上がった。一方、深山は重盛にワイナリーで「なぜ今まで黙っていたのか」と尋ねたときに、重盛が「いつまでも、隠せないと思って」と言っていたことを思い出していた。何かがひっかかる。

『その薬が十五年前のものであるという確実な証明ができるということでしょうか？』

記者の質問は続いていた。

刑事事件専門ルームのメンバーたちは、会見を見て、まずいことになったぞと顔をしかめていた。

「この弁護士、大友さんですよね。元検事正の……」と藤野が声を上げる。

「今、気付いたんですか？」

明石は呆れたように言った。

「誰ですか？」

穂乃果は明石を見た。

「深山の親父さんの事件を担当したやつだよ！」


——大友はもともと、東京地方検察庁の検事正だった。

エリートコースを歩んでいた大友は、東京高等検察庁の検事長の内示が出ると目されていたが、深山が過去の殺人事件の再審請求を起こし、冤罪を明らかにしたことで、出世は見送られた。

だが、深山との因縁は、その何年も前に遡る。

深山が小学生の頃、父・大介が殺人容疑で逮捕、起訴された。その際の担当検事が、若き日の大友だったのだ。大介は控訴し、無実だと主張し続けたが、心労が祟り、獄死。そのため、刑は確定していなかった。

数年前、事件から二十六年後に、深山は自ら父が冤罪だったという事実を明らかにしたが、時効を迎えていたうえに真犯人が死亡していたため、無実を証明することはできなかった。そして、大友も深山に頭を下げることはなかった。だが、その直後、大友は検察庁を辞職したのだった。

そんなことをまだ知らない穂乃果は深山を「え?」と見た。しかし、深山は黙って目の前の事件のことを考えていた。

会見は続いていた。

『もちろん、ロット番号もありますが、これを確認すれば、すぐにわかります。太田さんは山本さんと同じ薬品を手に入れましたが、使う前にあの事件が起きた。それがあって、万が一自分に疑いが向けられたときのために封を切らずに取っておいたんです』

『斑目法律事務所は私が犯人だと決めつけたんです……』

太田は声を震わせた。その打ちひしがれた態度は、深山たちが天華村を訪れたときの不遜な態度とはまったく違う。

『斑目法律事務所の方々は山本さんの冤罪を晴らすと言うが、こんなことをした彼らに人権を語る資格などあるのでしょうか』

大友が画面に向かって語りかけたとき、中塚が深山を呼んだ。

「深山先生、お電話です」

――同じ頃、会見を見ていた南雲は、幼い日にエリが描いてくれた似顔絵を見つめ、悔しさに唇を噛みしめていた。

＊

「わかりました……伺います」

深山は電話を切った。

「師匠……」

穂乃果は深山を不安げに見ていた。

「どうして大友さんが出てきたんでしょう？」

藤野は誰に言うでもなく、つぶやいた。

「検察はとっくに辞めたんだろ？　まさか、あいつが裏で糸を引いてるんじゃ！」

明石がまた短絡的なことを言う。

「えっ？　深山先生への復讐ってことですか」

中塚が言ったが、

「いや。それはないと思う」

深山は冷静に否定した。

「今回のことは佐田先生が急ぎ過ぎたんだよ。あの人はいち弁護士として依頼を引き受けただけでしょ……それより気になることがある」

「気になることですか？」

穂乃果は深山に尋ねた。

「今回のことは、全部仕組まれていたんじゃないかな？」

「仕組まれてた？」

「僕たちが太田さんを疑っていることを知って、村の人たちが、それを利用した。たしかに太田さんには、十五年前、薬品を手に入れていたという後ろめたい事実があった。でもそれは、同時に太田さんが犯人ではないということを示すたしかな証拠でもあったんだ」

薬品会社に山田が現れたのもすべて、仕組まれたことだったのかもしれない。

「だから、それを利用して私たちを陥れることを思いついた……」

穂乃果は考え込んだ。

「あの村の人たちか……」

「うっそ?」

「陥れた……」

明石と藤野と中塚は、それぞれ驚きの声を上げた。

「……ちょっと行ってきます」

深山はリュックを背負い、刑事事件専門ルームを出ていった。


大友と太田の会見が終わり、佐田はテレビを切った。これからどうしたらいいのかと茫然自失の状態でいると、落合が慌てて駆け込んできた。

「先ほどの会見を見て、顧問契約を打ち切りたいという問い合わせが殺到しています!」

先ほどから鳴り続けていた内線電話はそういうことだったのかと、佐田は絶句した。

「佐田先生」

「若月会長!」

佐田は突然現れた若月に、腰を抜かしそうになった。

「あの会見はどういうことだね? どうやら、ここに穂乃果を任せたのは間違いだったようだね」

「いえ、あれは、その……!」

思わずしどろもどろになってしまう。

「我がヨシツネ自動車グループとの顧問契約も見直さなくてはならない……短いつきあいだったが、君とは、絶交だ！」

「若月会長！　お待ちください、若月会長!!　僕たち、友だちですよね」

「絶交だ」

「友だちですよねーっ、僕たち……一緒に万博行く約束したじゃないですか」

ガラスの壁越しに叫んだが、若月は出ていってしまった。

＊

先ほどの電話で呼び出された深山は東京地方裁判所の法廷にやってきた。傍聴席後部の扉を開けて入っていく。だが法廷内はいつもと違って、照明がついていない。

「珍しい場所で待ち合わせですね」

深山は、薄暗い法廷の裁判長席に座っている川上に声をかけた。先ほどの電話で深山を呼び出したのは川上だったのだ。

「閉廷中の法廷は誰も来る心配がないからな」

深山はゆっくりと歩いていき、被告人席の前に立ち、川上を見上げた。

「ご無沙汰しています……で、なんの用ですか？」

「おまえ、ここに座った裁判官の気持ち、考えたことあるか？」

川上はいきなり、問いかけた。

「……いえ」

「死刑判決を下したときの被告人の顔は一生忘れられへん。わしら憎くて死刑にしとるわけやない。憎かったら公平な判決は下せへんからな」

川上は、自分が山本に死刑判決を下したことを言っている。深山はそう思って聞いていた。

「わしらは遺族の思いや社会の正義、全部背負ってるんや」

「……一人の人間が本当に全部を背負えるんですかね」

深山は冷静な口調で言ったが、

「なんやと？　おまえ」

川上はムキになって問い返してきた。

「そんなの思い上がりじゃないんですか……それに、それって事実と関係あるんですか？」

「……おまえ、昔の事件掘り起こしとるらしいやないか。過去を蒸し返すのは自由や。

けどな。それでどんだけの人間が傷ついとるか、考えたことあるか？」

その問いかけには、深山は黙っていた。

「わしらはおまえら弁護士みたいなおちゃらけ商売とはちゃうんじゃ。生半可な気持ちで死刑判決は下せん」

「……たしかに今回のことは、僕たちは間違いを犯しました。そのせいで太田さんをひどい目に遭わせてしまいました。ですが、まだ事実にたどり着いたわけじゃありません」

深山は自分が常に口にしていることを、改めて言った。

「僕が知りたいのは、今も変わらず事実だけですから。もういいですか。帰りますよ」

それだけ言うと、川上の返事は待たず、深山は立ち去った。

「……変わらんな」

川上はぽつりとつぶやいた。

＊

深山はそのまま下宿している『いとこんち』に帰ってきた。

夕方の開店前の店の前で「お帰り！」と声をかけられ、「大家さん、どうも」と挨拶した深山は、ガラガラと『いとこんち』の入口の扉を開けた。

「ただいまー」

深山が中に入ってくると、店の中になんと南雲がいた。

店長がアフロヘアなので「アフロヘア割引」があったり、アフロヘアのカツラを貸し出すこの店には、店特製のアフロパーカーやエプロンが売っていたり、所狭しとアフロこけしやアフロ福助が置いてある。そんなにぎやかな景色の店内に、いつも落ち着いた雰囲気をまとう南雲がいるのは、なかなか不思議な光景だ。

「事務所に電話したら、ここだと聞いてね」

南雲は言った。

「そうですか。どうぞ、今、普通でおいしいお茶、淹れますよ」

深山はお湯を沸かそうとしたが、

「……いや、深山先生。いろいろすまなかった」

南雲は頭を下げた。

「太田さんは無実だったし、村の人たちには罠を仕掛けられ、手掛かりはもうない……エリのためになんとかしたかった。でも私は結局、何もできなかったんだ。今までのすべてが無駄に終わってしまった……」

「無駄じゃないんじゃないですかね」

深山は言った。

「え？」

「新たにわかった事実もあります。太田さんには毒物となる薬品を混入することは不可能だった」

たしかに、それは一つの事実だ。

「それに、村の人たちはなぜ、僕たちに罠を仕掛けたんですかね？」

深山の問いかけに、南雲はハッとしたような表情を浮かべた。

「僕は事実がわかるまで調べます」

深山はきっぱりと言い、店の二階にある自室に上がっていった。


「話、終わった？」

と、いきなりカウンターの下に隠れていた坂東健太（ばんどうけんた）が顔を出した。深山の後ろ姿を見送っていた南雲は驚き、一瞬、息を呑んだ。

「……お店の方ですか。いつからそこに？」

「あなたが来る前から。ＣＤ落としたから拾ってたらあなたが来て、加奈子が来たと思って、息を潜めていたの。あっ、加奈子っていうのはこのＣＤ出してるやつで、落としたことわかったら、全部買わされちゃうから、これ」

坂東は、拾い上げた加奈子のCDを南雲に見せた。

「その後、すぐにあなたとヒロトが深刻な話、はじめちゃったから出るに出れなかった
……あ、私、ヒロトの従兄弟の坂東です」

坂東は最後に自己紹介をした。

「従兄弟……」

南雲は唖然としていた。

「渋怖(しぶこわ)！　ちょっと怖いな」

坂東は、南雲のリアクションに対してコメントをした。

端正な顔をした深山と、アフロヘアで個性的な顔立ちの坂東が「従兄弟だ」と言うと、人はさまざまな反応を見せる。彩乃は大爆笑し、舞子は絶句し、穂乃果は「悪い冗談を」と、本気にしてくれなかった。

「……お邪魔しました。私はこれで」

南雲は立ち上がり、店を出ていこうとした。

「あの～、話聞いちゃったついでに言うんだけどさ……」

坂東は南雲を引き留めた。

「ヒロトの……ヒロトの父親も殺人の罪を着せられて、獄中死したんだよね」

唐突な話に衝撃を受けたせいか、南雲はただその場に突っ立っている。

「一審で死刑判決が下って、でも控訴中に死んじゃって。だから起訴自体が取り消されて、一審の有罪判決もなかったことになったんだよ」

「判決が出ていないということは、再審請求も……」

南雲はようやく口を開いた。

「そう。できなかった。……あの頃のヒロト、辛くて見てられなかったなあ」

その後、深山の母は家を出ていってしまい、当時小学生だった深山は従兄弟の坂東の親が引き取った。そして坂東と実の兄弟のように育ったので、今もこうして仲が良い。

「……深山先生は、自分の父親を法では救えないとわかっていて弁護士になったということですか」

「うん。だからヒロトは事実に拘るんだよ。で、見事、自分の父親の無実を証明した。法律ではどうにもならないし、世間の誰にも知られてないけどね」

その言葉に、また南雲は黙り込んだ。

「俺、法律の詳しいこと、よくわかんないけどさ、あなたは娘さんをまだ法律で救うことができきんじゃないの?」

と、そこに、ガラガラと入口が開いた。

「あれ、こけ……こけしさん？　何？」

入ってきたのはアフロヘアのこけし屋だ。

「あー坂東さん、いたー。新作の特大、持ってきました！」

「えっ、石巻からわざわざ？　ありがとね」

坂東と石巻のこけし屋が盛り上がっているなか、南雲は立ち去った。

＊

その夜、斑目春彦（まだらめはるひこ）は都内のバーカウンターで大友と酒を飲んでいた。斑目法律事務所の前所長である斑目と大友は司法修習生の同期で、同期会では毎回顔を合わせる。同期会の場では互いに作り笑顔を浮かべるものの、ここ数年は検事と弁護士として、対立する立場だった。

「……君のおかげで新たな冤罪を生まずにすんだ。ありがとう」

「それで引き受けたわけじゃない。俺は太田はシロで間違いないと確信した。だから記者会見にも同席した。それだけだ」

二人とも、まっすぐ前を見つめ、静かに会話を交わした。

「それでも感謝だよ。あの会見があったから、深山先生たちは間違った方向に進まずにすんだ」

「それで良いことなのかどうかはわからんがな……」

大友は検事時代よりもずっと穏やかな顔つきになった。

「……それでも、深山先生はこれまでと変わらずに事実だけを探すだろうね」

「……彼らしいな」

「深山大翔。刑事司法の世界が時代とともにいくら変わっていっても、変わらず残り続けるものも必要なはずだ」

斑目の言葉に、大友はふっと笑った。

「青いな、相変わらず」

大友はそう言い、グラスに口をつけた。

数年前、深山が山城鉄道グループ会長殺害事件を追っている頃、斑目は検察庁の大友の個室を訪れたことがある。そのときに大友が斑目に「おまえとはうまい酒を飲みたいからな」と言った。

そのすぐ後、斑目法律事務所が取り扱った強盗殺人事件で検察が犯行時刻の訴因変更をした際に、斑目は再び大友の個室を訪れた。そのときも大友は斑目に「もういいかげん、過去は忘れろよ。おまえとうまい酒が飲みたいんだよ」と言った。だが斑目は大友に背を向け続けた。

大友が検事を辞めて数年が経ち、斑目も事務所を佐田に任せて自らは一線を退いた今夜、ようやく大友の長年の願いが実現されたということだろう。

斑目も表情を緩め、二人は窓の外の東京タワーを見つめ、静かに酒を飲んだ。

＊

翌日、穂乃果は刑事事件専門ルームでホワイトボードの事件概要を睨みつけるようにして立っていた。

「佐田所長がおじいさまから絶交を言い渡された今、このままではこの事務所をやめることになる。それは深山師匠の弟子もやめるということに……。たとえ、電源がオフになっても……絶対に証拠を見つけるンデス！　Ｂ！」

ブツブツ言っている穂乃果の顔を、藤野が心配そうにのぞきにきた。

「どうしたんですか。しっとりと、長い独りごと言ったりして……」

「いえ、なんでもありません」

穂乃果はハッと我に返った。

「ちょっと休んだほうがいいんじゃないですか？」

中塚が声をかけた。

「深山師匠があきらめてないんです。Ｂも絶対にあきらめない。私があきらめるわけには……」

穂乃果は深山を見た。深山はデスクで、飴を舐めながら当時の映像を見直している。

「もう無理なんだってー。このまま事務所ごと潰れて俺たちはもう終わりだ～！」と明石は絶望していた。

「ハロー！」

そこに突然、アメリカに留学しているはずの彩乃が明るく入ってきた。

「ヒーローは遅れて登場するんだよ」

彩乃は、プロレスラーの棚橋弘至（たなはしひろし）が欠場中に大阪城ホールに現れたときに言ったセリフを口にしながら、右手を上げる棚橋の〝逸材ポーズ〟を決めた。長身の彩乃が着こなしている鮮やかな緑色のワンピースがまぶしい。

「立花先生！　お久しぶり」「彩乃ちゃん！」

藤野と中塚が声をかけた。

「副団長！　会いたかった〜！」と彩乃は中塚に駆け寄っていった。

「私もです〜」と、ぽっちゃりした中塚と、すらりと背の高い彩乃は抱き合った。

「これこれ、アメリカでしか買えないTシャツです」彩乃はさっそく中塚にプロレスのTシャツを渡した。「うわあ、ありがとう！　うれし〜！」と中塚は大喜びだ。

「これ、ニューヨークのお土産」と藤野には「ニューヨークに行ってきました饅頭」と書かれたお菓子を渡す。

「ありがとうございます……ニューヨークでこんなの売ってるんだぁ」

どう見ても羽田空港で買ったお土産だが……。「売ってます」と彩乃は言い張った。

「なんで、おまえがいるんだよ！」

明石は相変わらず彩乃に対してもライバル心全開だ。

「深山先生から聞いてないの？　これ、もう一つ、お土産」

彩乃は資料を差し出した。

「失礼します」

穂乃果が恭しく受け取り、深山に渡した。

「深山先生の彼女？　年下が好きだったんだー」

彩乃は穂乃果を見て、驚きの声を上げた。

「新人弁護士の河野穂乃果と申します」

穂乃果は彩乃に自己紹介をした。

「ああ新人さん。だと思った」

「嘘つけ！　おまえアメリカ行って超テキトーになったな！」

明石が言うと、彩乃は「うん」と、うなずいた。

「『うん』じゃねえよ」

明石は不平不満が止まらない。

「なんの資料ですか？」

藤野は深山に尋ねた。

「これ、この前、藤野さんたちが借りてきてくれた毒物のサンプル。あれをアメリカに送ってたんです」

深山は説明した。

「私が送りました」と中塚は言った。深山と中塚が話していたとき、深山が「副団長」と彩乃の関係から、思いついたのだ。

「ああ、吐しゃ物から検出した……え？　それを立花先生が？」

藤野は彩乃を見た。

「私がアメリカ弁護士ネットワークを駆使して、超最新式実験装置『スーパーセイヤージーンスリー』を使って分析してもらってきたの。ワイン樽の中から検出された毒物と一致するかどうか調べるためにね」

彩乃はどや顔でうなずいた。

「おー」とメンバーたちから感動と称賛の声が上がる。

「もし、吐しゃ物とワイン樽の中の毒物が一致しなかったら、亡くなった方が飲んだ毒物は山本さんのものではなかったということになる。それって……」

「フフフ、それが何を意味するか……新人さん、みんな。聞いて驚きなさい。『スーパーセイヤージーンスリー』が導き出した結論は……」

彩乃がタメにタメて言おうとしたとき、佐田が入ってきた。

「おはよう、みんなちょっと聞いてくれ！」

佐田は彩乃に気付かず、前に立った。

「あ……」

彩乃は顔をしかめた。

「今、我が事務所は、この天華村毒物ワイン事件において窮地に立たされている。しかし、我々は……」

話しだした佐田は、彩乃と目が合ったが、気付かない。

「この事件において……絶対……えーえー」

「えー」

彩乃は声を上げた。

「えー！　どうしたおまえ！」

佐田はようやく彩乃に気付いて、おおげさに驚き、目を丸くした。

「お久しぶりです」

彩乃は改めて挨拶をした。

「どうして、いるの？」

佐田は藤野にささやいた。

「立花先生が例の毒物の分析を『スーパーソイヤーソイヤーソイヤー』……」

藤野は不完全な知識のまま佐田に答えた。

「その毒物の分析……じゃ、おまえ、アメリカで新しい証拠を見つけてきたの？　えらい！　いやあ、さすが俺の元部下だ！　結果は？　結果は？」

佐田は彩乃を急かした。

「トランキーロ！」

　彩乃は言った。

「うん。焦んない、焦んない、焦んないよ。みんな！　焦んない、焦んない」

　そう言う佐田が一番焦っている。トランキーロとはスペイン語で「焦るなよ」という意味だ。この言葉を多用していた彩乃に影響され、今は佐田もときどき使っている。

　ゴホン、と彩乃は咳払いし、もったいぶってから言った。

「いいですか。アメリカの超最新式実験装置『スーパーセイヤージーンスリー』で分析した結果、二つの毒物は……」

「おお！」

　メンバーたちは前のめりになる。

「一致しないほうがいいんだよな」と佐田は藤野を見た。

「はい」

「一致しない、来い！」

　佐田は祈るように言った。

「一致する！」

　彩乃が言うと、

「おー」

みんなは落胆の声を上げた。

「一致しない！」

彩乃がもう一度言うと、

「おお！」

みんなは盛り上がった。

「どちらか……わかりませんでした～！」

彩乃は楽しそうに言った。

「はあ？」

佐田もみんなもがっかりしているが、そのなかで深山だけは、渡された資料をすでに見ていたから知っていた。

「吐しゃ物からの毒物とワイン樽からの毒物、二つが一致する確率は四九・九九％なんですって」

彩乃は言った。

「なんだ、その曖昧な数字！」

佐田は文句タラタラだ。

「おまえは何をしにきたんだ！」

明石が彩乃に言う。

「私は絶対にあきらめない」

穂乃果は決意を新たにした。

「四九・九九ってさあ……おまえ！」

佐田はまだブツブツ言っている。

「私は頼まれたから調べてきただけですよ。でもアメリカ国内、わざわざ飛行機使って移動していったのに『サンプルが古すぎてわかりません』って」

「サンプル古いってよ！」

佐田は誰に言うでもなく声を上げた。

「十五年も前のものですから～」

藤野は佐田をなだめた。

「あのこれ、分析の費用と飛行機代とお土産代、斑目法律事務所で切ったので。あ、所長就任おめでとうございます」

彩乃は佐田に領収書を差し出した。

「は？　なんだこの金額！　払えるかこんなもん！」

受け取った佐田は、思わず破り捨てそうな勢いだ。

「カネの雨が降り過ぎました？　深山先生が予算は青天井だって……」

「深山！」

佐田が深山を見ると、深山はじっくり資料に目を通していた。

「どうして日本への旅費まで入ってるんだ。だいたい分析結果を知らせるだけだったら電話でもメールでもできんだろ」

佐田は彩乃を見た。

「だって今日は……ねえ」

彩乃は中塚を見て、二人で声を合わせて言う。

「ＩＷＧＰ世界ヘビー級王座選手権！」

二人は「イェ～！」と盛り上がっている。

「そういえば、昨日のカズくんのラジオ聞きました？」

彩乃は中塚に尋ねた。カズくんとはオカダ・カズチカだ。

「えっ？　アメリカでも聞けんの？」

「そうなんですよ、今の時代……新日本プロレスに国境はない！」

「団体の垣根もなくなるといいのにね」

「私はその日が来ると思ってます。でもたとえそうなっても、新日本を愛していることは変わりません」

彩乃と中塚がプロレスの話をしているなか、佐田は愕然と高額な領収書を見つめていた。一方、穂乃果は資料を見ながら考え込んでいる深山を見ていた。そして自分もひょいとのぞきこんだ。

「あれ？」

穂乃果は声を上げた。

「師匠！　師匠！　これ量、変わってませんか？　これ！」

穂乃果は深山にタブレットに映し出された太田が撮影した十五年前の映像を見せた。そのワイングラスの量と、警察の現場検証の写真のワインの量はわずかに違っていた。

＊

その夜、深山は『いとこんち』の厨房で料理を作っていた。彩乃に中塚、そして佐田もそれぞれの席で笑いあったり、くだを巻いたりしている。

「カンパーイ！　お疲れさまでした〜」

東京ドームで試合観戦帰りの彩乃と中塚は、テーブル席で乾杯していた。

「いや〜今日のメインイベント、惜しかったなぁ。盛り上がったけど」と彩乃はしみじみ言った。「彩乃ちゃん泣いてたもんね」「最後立ち上がっちゃいましたよ、決まったと思って」と二人は試合を思い出し、どっぷりと世界に浸っている。

佐田はカウンター席で持ち込んだ資料を読みながら、泥酔していた。「くそー、山本さんを犯人とした検察の根拠は崩れたんだよ。なのに絶交だなんて、やっぱり僕はリーダーの柄じゃない……」と佐田はほとんどヤケ酒だ。

「大丈夫？　所長、支離滅裂だけど」坂東は穂乃果に尋ねた。だが、「資料、汚さないでくださいよ」と穂乃果は佐田ではなく、資料のことを心配している。

「一曲歌いましょうか『ワインレッドのそぼろ』」と加奈子は佐田に言うが、「くそ〜」と佐田は聞く耳を持たない。加奈子の曲の大ファンなのに、元気を取り戻さないままだ。そんな佐田を見て加奈子は「そぼろ！」ともう一度言った。

そのタイミングで、「すいません。おかんじょーお願いします」と女性客が立ち上がった。「え！　正子(まさこ)ちゃん、もう帰っちゃうの？」と坂東はお笑いコンビ『イナキ』の正子に声をかけた。そして、「あ、とおるちゃん、サイン書いてよ」と、正子の弟であり相方であり漫画家のとおるちゃんに頼んだ。

「あ、いいですよ」と、とおるは気安くサインをしてくれる。

店内はいつものようにがやがやとうるさいが、深山は料理と事件の整理に集中していた。

「薬品は山本さんのガレージのロッカーに保管されていて、シャッターの音を考えると事件前に盗み出すことは不可能だった……ただ、奥さんが車を出した後に誰かがロッカーの前の箱を動かしている」

深山は頭の中に、自分が見た山本の自宅ガレージと、警察が撮影した十五年前の写真を思い浮かべていた。

「三六八〇円になります」と坂東は正子たちの会計をしていた。その間にとおるは「サインです」と坂東にサインを渡す。「三六八〇円と……」と正子が坂東にお金を払おうとしたとき、チャリン、とお金が落ちた。

と、そこに、オカダ・カズチカと後藤洋央紀（ごとうひろおき）が入ってきた。

「レインメーカーと混沌の荒武者」と坂東は思わず声を上げる。

「おつかれさまでーす」「こちらへどーぞ」と彩乃と中塚が笑顔で声をかけた。

「おつかれさまです」オカダはまっすぐに彩乃たちのテーブルに向かい、後藤と並んで腰を下ろした。プロレスラー二人が並んで座ったので、キツキツだ。

「何飲みます？」と彩乃が尋ねると、オカダが「プロテイン」と答え、正子ととおるは帰り……と、バタバタしている。

厨房の外の喧騒に目もくれず、深山はひたすら考えごとをしていた。

「村長が到着前の試飲では全員無事……でも鏡割り後、出てきたときにはすでに毒物が入れられていて、飲んだ人たちはそのまま病院へ運ばれた……なぜか事件直後と警察の現場検証では残されたグラスのワインの量が増えていた」

それはついさっき、穂乃果が気付いたことだ。

「あー、腹減った」オカダが言ったが、「あ、カンパイ前に写真いいですか」と彩乃がレスラー陣に一緒に撮影してもらえないか頼む。「あ、はい」「いいですよ」と二人が快諾すると、「新人さん、写真撮ってくれる？」と彩乃は穂乃果を呼んだ。

「あ、はい」とテーブル席にやってきた穂乃果に、彩乃は自分のスマホを渡すと、オカダが「はい。これでいいですか？」とポーズを決める。

「いいっすかあ……」と一緒にカメラの画角に収まった彩乃が言うと、「行きますよ。はい！　オーケーです」と穂乃果は一枚撮影し、彩乃にスマホを返した。だが、彩乃は

「あっちょっと、もうちょっと、もうちょっと」と穂乃果を引き留める。

「もうちょっと?」とふたたび撮影体制に穂乃果が入っている間に、彩乃もまた「もうちょっといいですか?」とオカダたちに再撮影を頼んだ。すると、後藤が「ざんまいしようか」と提案し、四人でノリノリで両腕を開き、すしざんまいの社長のポーズをする。

「ざんまい!」と穂乃果も言いながらシャッターを切った。

「新人さんありがとう」と彩乃はご機嫌でスマホを受け取った。


穂乃果は撮影役を終えて、自分の席に戻る途中で、「嘘でしょ? 稲木(いなき)先生のサイン!」と叫んだ。坂東が飾ったとおるのサインに気付いたのだ。

「あー、『ロボット弁護士B』の先生。よく来るのよ」加奈子が言った。

「私の電子頭脳はショート寸前ナノデス」と『ロボット弁護士B』に心酔している穂乃果は白目をむきそうなほど興奮している。「今度紹介する」と坂東が言うと、「プシュー。ありがとうございます」と穂乃果は感激していた。


穂乃果や彩乃、中塚がそれぞれ盛り上がり、佐田がやさぐれているなか、深山は料理を続けながら、考えていた。

「そもそも吐しゃ物とワイン樽、二つの毒物は一致するとは、断定できなかった」

彩乃は「二つが一致する確率は、四九・九九％なんですって」と言っていた。約二分の一の確率だ。

「もし一致しなかったとしたら……」

深山は考え続けていた。

「おまたせ」と坂東がオカダたちにグラスを持っていった。

「すみません。食べもの注文していいですか？」後藤が言う。

「食べもの……いいですよ」と坂東が注文を取ろうとしたが、「先にカンパイしましょっか？」「そうですね。カンパイしましょう」と中塚とオカダが言った。彩乃もグラスを持ったが、後藤だけ持たず、立ち上がって背中を向けた。

「後藤さん？」オカダは後藤を見た。

「変わりたいんですね、後藤さん」オカダが言うと、後藤は振り返り、乾杯をした。負けてスランプになっていた後藤に「変わりたいならCHAOS（ケイオス）に来ませんか？」と、自分のユニットに誘ったのが、オカダなのだ。

「ケイオス入りカンパイ？」と事情通の坂東は、四人が乾杯する姿を見て言った。

「毒をワイン樽に入れられたタイミングは、村長が来て乾杯するまでの空白の七分間しかありえない。誰がどうやって入れることができたんだ……」

答えは出ないまま、料理が完成した。

「はい、特製スパイスビリヤニとマイルドハーブブライッタソース」

深山は完成した料理の皿をカウンターに置いた。

「おいしそう！」

穂乃果が真っ先に声を上げた。

加奈子が坂東に命じた。

「早く分けて」

「どうして絶交なんだ。絶交だなんて。家でも、事務所でも、この飲み屋でも誰も俺のことを気にかけてくれないんだ。やっぱり、僕はリーダーって柄じゃないのかなあ……弁護士やめて検事になっちゃおーかな！　ケンジ！」

佐田は白いアフロのカツラをかぶり、悪酔いしている。若月に絶交と言われたことがそんなにショックだったのだろうか。みんなが佐田にほんの少し気を取られたとき、加奈子がいきなり深山の料理に出汁をかけた。

「あー」

坂東が声を上げ、みんなも「あー」と、声を合わせた。

「ちょっとちょっと！　それは後からかけて『味変』を楽しむんでしょうが」

坂東が加奈子に注意した。

「先に言ってよ」

「言ったでしょ、味変って」

坂東が言った。

「ヒロトがあたしのために作ってくれた料理が台なしじゃない。ちょっと、取り替えなさいよ」と加奈子は自分勝手なことを言いながら、さっと穂乃果の皿と取り替えた。

「あ、私だって味変したかったのに」

文句を言う穂乃果に、「稲木先生紹介してあげるから」と加奈子は言った。そして自分は穂乃果の皿を食べ「最高！」と声を上げた。

「紹介すんの俺だからな」と坂東は加奈子に渋い顔を向け、穂乃果をなだめるように「まだあるから」と言った。

「ん？」

会話を聞いていた深山は、声を上げた。

加奈子と坂東はずっと、味変について語り合い、彩乃たちのテーブルも、深山の料理を味変して楽しむことで盛り上がっている。

深山は佐田に近づいていった。

「おまえだけは俺のことを気にかけてくれんのか？　おまえ本当にいいやつだなあ〜」

佐田は感激しているが、

「静かにして」

深山は佐田が広げていた資料を手に取った。穂乃果も近づいてきて、深山の手元をのぞき込んだ。

「おまえ、本当はいいやつだったんだな。よし！　特別にうちのクルーザーの乗船許可を三回与える……海はいいぞ〜、自分がリーダーになった気がするんだよ」

佐田は一人でしゃべっている。

「ちょっと静かにして」

深山が言ったが、佐田は黙らない。

「味変！　味変！」

彩乃たちのテーブルもまだ盛り上がっている。深山は集中するため、耳をふさいだ。

そして慌てて資料をめくり、ある写真を見つけた。

「それ、毒を入れられたワイン樽の写真」

穂乃果が言った。

「深山師匠？　Command（コマンド）　silence（サイレンス）！　みんな静かに！」

穂乃果が声を上げ、店内が静まり返った。

深山の頭の中に、映像がフラッシュする。

――明石が鏡割りをして……ワイン樽の横を叩いた。

――事件直後の映像から切り出した写真と、警察の現場検証の写真。

――ガレージの棚の前に斜めに置いてあった黄色い箱……。

深山は、佐田の前に置いてあった料理の皿を手に取った。

そして、唐突に深山は口を開いた。

「思いあたるかあ……重い！　あ、樽かぁ」

深山はウヒヒ、と笑った。

「あ……思い当たるか……重い…あっ樽か！　ハッハ～！」

穂乃果が親父ギャグの意味を理解して、例の高い笑い声をあげた。

「四点」

ずっと黙っていた明石が、採点した。佐田はもちろん、爆笑している。佐田はなぜか、みんなが寒がる深山の親父ギャグがいつもツボにはまるのだ。つまらないギャグで笑い合っているときばかりは二人は親友だと、明石や藤野は冷めた目で見ている。

「急にきた、急にきた」と佐田は笑いが止まらない。

「佐田先生、改めて就任おめでとうございます。ワイナリーでお祝いなり〜」

「三点」

彩乃が久々に採点した。

「ワイナリーでお祝いなり〜。ちょっと元気出てきた！」

でも佐田は大喜びだ。そして穂乃果も爆笑している。弟子として正しい反応だ。

「ワイなり〜に考えてみました」

さらに親父ギャグを言う深山に佐田は「『わいなり』って、すごいな、なんでも出るな」と笑いながら感心している。

「これはいなり」

深山は「これワイナリー」と「いなり寿司」をかけて、本日四つ目となる親父ギャグを披露し、カウンターに置いてあったいなり寿司の皿を手に取った。

「まさかの四連発……これ食べちゃうよ」

佐田は皿の上のいなり寿司を口に放り込んだ。

「うまい！　うまいなり！」

佐田が自分発の親父ギャグを高らかに言った途端、深山からすうっと笑顔が消えた。ほかのみんなは顔を見合わせている。

「かかってんじゃん。『うまい』と『いなり』が……『うまい』と『いなり』で、かかってんじゃん。そんな顔しないのよ！　ちょっと顔が怖いなり！」

佐田が必死で言えば言うほど、深山は真顔になる。

「かかってんじゃん！　『わいなり』と一緒だよ！」

「所長、もうやめな！」

坂東が佐田に声をかけた。

「かかってんじゃん！」と佐田はなおも深山に認めてもらいたくて迫ったが、深山は「はい」とだけ答える〝塩対応〟をし、厨房内に戻っていった。

「かかってんじゃん、だって！」

佐田の声が、虚しく響いた。

9

後日、深山たちは天華村にやってきた。

「深山先生、写真、持ってきた。これで事実がわかるのか？」

深山から天華村へ呼ばれた南雲は、ガレージにあった咲子とエリの写真を渡した。

「おそらく」

答えたところに、トランシーバーから明石の声が聞こえてきた。

「深山〜、トラックが来たぞ〜」

言われてワイナリーのほうを見ると、劇団のトラックが入っていくところだった。

「おい深山。ホントにちゃんと用意できたのか？　おまえの検察の知り合いって大丈夫なのか？」

今回は現場に来た佐田が、深山に尋ねてきた。

「さあどうでしょう」と深山はとぼけた。

「なんだ、おまえ」

佐田は深山を睨んでいたが、そこに太田と重盛を先頭に、村人たちが集まってきた。

佐田は笑顔を作り、村人たちの前に立った。

「わざわざ、すみません。斑目法律事務所所長の佐田でございます。みなさん、このたびはご迷惑をおかけいたしまして申し訳ございませんでした。とくに太田さん！　先日はつい先走ったことをしてしまって、この佐田篤弘、一生の不覚でございます。この通り、心からお詫び申し上げます。すみませんでした」

佐田は声を張り、深々と頭を下げた。

「ああ……」

だが、太田は不信感を露わにしている。

「油断させる作戦って言ってましたけど」「逆に警戒されてますね……」

藤野と穂乃果は佐田のわざとらしい態度に呆れていた。

「ねぇ、胡散臭い！」「わざとらしいなあ」

中塚と明石も素直に感想を口にした。

「今回のことは私も深く反省しておりまして、我々はこの事件から、手を引くつもりでございます」

佐田が言うと、村人たちは「当然だろう」とうなずいた。

「ただ、その前に、太田さんの無実をより世間にアピールするために、我々が最大限できることをしておこうと思ってます」

佐田が続けて言った言葉に、村人たちは「いったいどういうことだ」と首をひねっている。

「前回の再現は、簡易的なものを使っての再現だったので、完璧ではありませんでした」と深山が、佐田に代わって説明した。

「完璧な再現って、もう一回やらせるつもりか」

重盛が言い、村人たちは顔を見合わせた。

「ええ、当時の映像を検証し、より本物に近いものを用意しました。それらを使って最後に完璧な再現をしたいんです」

深山の背後には、先ほど村に着いた大きなトラックが停まっている。

「この深山という男は本当に変なこだわりを持ってまして、私はいつも手を焼いているんでございます」

佐田が深山に代わって話しだすと、深山が体をまっすぐにしたまま、佐田にもたれかかってきた。佐田は深山を全力で押し返した。

「今みたいに……」と佐田は続ける。

「ただ、こいつの言う完璧な再現がもしできたら、太田さんの無実を疑う者はこの世から消えてなくなります」

佐田は熱く語ったが、村人たちは困った様子だ。

「あの、私事でございますけれども……明石くん！　明石くん！」

佐田は明石を呼んだ。

「弁護士になって以来、ずっーと大切にしている二文字というのがございます。それが、この誠意なんです」

佐田が言うと、明石は手にしていた半紙を出した。一か月前に『佐田篤弘　マネージングパートナー就任パーティー』で司会だった落合が会場に披露したときと同じように広げて見せる。だが、明石は『誠意』の文字を逆さまに出してしまった。

「逆さま、逆さま、逆さま、逆さまだって言ってんだよ」

佐田に注意され、明石は上下をひっくり返した。

「誠意なんでございます。私の心からの誠意。汲んでいただけませんか？　お願いします。どうか……」

佐田が頼み込むと、守が口を開いた。

「ここまで言ってくれてるんだ。やましいことが何もないなら、深山先生たちが言う完璧な再現をやればいいじゃないか」

「守……」

重盛は驚き、息子を見た。

「そうすれば俺も納得できる。やろうよ」

守は言ったが、重盛も、村人も沈黙していた。

「お願いします」

南雲も頭を下げた。

「……本当にこれが最後だからな」

渋々ではあるが、太田がようやく許可してくれた。

「ドライバーさん！　お願いします」

穂乃果はトラックに向かって叫んだ。すると荷台が開き、中から大道具、小道具と一緒に劇団員が出てきた。

工藤をはじめ、劇団員たちは「お控えなすって」のような、仁義を切るポーズを決めている。

「みんな、これが俺たちにとっての千秋楽だ」

工藤が劇団員に気合いを入れた。

「気を抜くなよ、ノブオ！」

輝本がノブオに声をかける。

「喜んでいかせていただきます！」

「そういうの大丈夫なんで、早く準備を……」

またしても深山に言われ、

「はい」

劇団員たちは設営をはじめた。


数分後、準備が整った。

「また前と同じことをするのか？」

太田は深山に尋ねた。

「はい」

深山は太田にカメラを渡した。

「お願いします」

そして守に声をかけた。

「それじゃあ、いきます。どうぞ！」

守が村人たちに向かって言い、

「よし、これで最後にするぞ！　みんな持ち場についてくれ！」

さらに重盛も言った。

「おお～」

村人たちは持ち場に散っていった。

＊

再現実験は、前回と同じように設営が終わり、二つのワイン樽が運び込まれてくるところから、開始された。

表に置いた樽から重盛たちが試し飲みをし、山本役の中塚は唐揚げを二度揚げし、村長役の明石による鏡割りが行われ、唐揚げを揚げ終えた中塚が入ってきて太田の前に立ち、太田は樽の上にカメラを置いてみんなと乾杯をした。二度目なので、村人たちは前回よりもきびきびと参加している。

「うっ……」

まず工藤が喉を押さえて激しく苦しみだし、歌舞伎のように見得を切ってから倒れた。

輝本やノブオも、もがき苦しむ演技をしてから、倒れ込んだ。自分たちの見せ場を、前回よりも派手に演じている。

深山は一連の流れをじっと見ていた。

「ここまでだ！　ここで終わりだ。さあ約束通りお帰りいただこうか」

太田がみんなに呼びかけ、撤収しようとした。

「いえ、この続きもお願いします」

深山は言った。

「続き？」

太田は眉根を寄せた。

「ええ。ワインを飲んで倒れた人たちを運ぶところまでお願いします」

深山はきっぱりと言った。

太田は黙り込んでいるが、深山は構わず、工藤たちに声をかけた。

「では、倒れるところから……抑えめにお願いします。どうぞ！」

深山が言うと、工藤たちが先ほどよりはすこし抑えめな演技で倒れた。

——だが、村人たちはその周りで立ち尽くしている。

「あれ？　みなさん、どうしたんですか？」

深山は尋ねた。

「正直言うと、本当に混乱してて何をどうしたかハッキリ覚えてないんだよ」

太田が言う。

「いやいや、被害者がワインを飲んで倒れるところまではあんなに完璧に覚えていらっしゃるのに、その後のことは急に思い出せないんですか?」

佐田は村人たちを見た。

「もう十五年も前のことだから……」

重盛が言葉を濁すように言い、村人たちも黙っている。

「それでは質問します」

深山は立っていた場所から動き出した。

「Ｈｕｒｒｙ(ハリー)!　パイセン!」

穂乃果がトランシーバーで明石を呼んだ。

「この毒の入ったグラスにワインを注ぎ足したのはどなたですか?」

テーブルの上に残された、被害者が途中まで飲んで倒さずに置いておかれたグラスを示しながら、深山が尋ねると、

「え……?」

村人たちは互いの顔を見て、また黙り込む。

「何を言ってるんですか。そんなことするわけないじゃないですか」

上原が深山に抗議するように、声を上げた。

「おかしいなあ。では、こちらの写真を見ていただけますか?」

深山は穂乃果と明石を見た。二人はそれぞれ、大きく引き伸ばした写真を持っていた。

ビデオから切り出した写真だ。そこには、今、深山たちの目の前にあるのと同じく、テーブルの上に置いてある毒入りのワイングラスが写っている。もちろん、写っているのは当時、実際に倒れた村人が飲んでいたグラスだ。

「これは太田さんの撮っていた事件直後の映像から切り出した写真と、警察の現場検証の写真です。これらを見比べると、ワインの量が事件の後、増えてるように見えます」

「あら……」

劇団員たちが声を上げた。

「倒れている人が運ばれていくなか、毒を盛られたかもしれないワインをわざわざ注ぎ足した方がいたということです」

深山の言葉に、村人たちは顔を見合わせた。

「あ、たしかに違う」

劇団員たちもうなずき合っている。

「……私が注いだんだ」

あたりの様子を窺いつつ、重盛が手を挙げて名乗り出た。

「なぜそんなことをする必要があったんですか」

佐田が尋ねた。

「それは被害者が倒れるのを見て、間違えて誰かが飲んでもいけないと思い、グラスを慌てて洗ってしまった。しかし、警察が来たとき、証拠を隠滅したと怒られるのではないかと気付き、樽からそのグラスにワインを注いでおいたんだ」

「なるほど。そういうことですか」

深山が納得すると、村人たちは安堵の表情を浮かべた。劇団員たちもうなずいている。

「みなさん、ありがとうございました」

中塚が声をかけると、劇団員たちは引き上げていった。

「これで文句はないよな」

太田は深山に確認した。

「ええ、文句はありません。犯人が誰かわかったので」

深山の言葉に、村人たちはざわついた。

「山本さんはワイン樽に薬品を入れていません。入れたのはほかの誰かです」

「バカなこと言うな！　あの薬品を入手できたのは、山本と私だけだ。しかも、私が手に入れた分は開封すらしていないと会見で説明したはずだ」

太田は言った。

「だから事件発生後に、誰かが山本さんの自宅ガレージまで盗みにいったんでしょう」

深山は言った。

「何を根拠にそんなことを言ってるんだ！」

怒り心頭の太田に、穂乃果は警察が撮影した山本のガレージの写真を引き伸ばしたものを見せた。

「これは、警察が事件後のガレージを撮影した写真です」

深山は写真を指し示しながら説明した。

「山本さんの奥さんの咲子さんは、いつもこの薬品の入れられたロッカーの横に車を駐めていました。このように」

深山は先ほど南雲から受け取った写真を見せた。

「それがどうした?」

太田は実に不愉快そうな表情を浮かべている。

「よく見てください。警察の現場検証の写真では箱がここにおかれています。事件が起きてすぐに呼ばれた咲子さんは、入口に箱が置かれている状態で、どうやって車を出したんでしょうか」

深山は太田に問いかけた。たしかに深山が「ここ」と指し示した場所を写真で見ると、黄色い箱は薬品の入ったロッカー棚の前に斜めに置かれている。これでは車は出せない。というより、車が置いてある状態では箱をこんなふうに棚の前に置くことはできない。

「それは……」

重盛が何かを言おうとすると、太田が割って入ってきた。

「それはあれだ……車を出した後、箱を動かしたってことだろ」

だが深山は太田の主張に対して首を振った。

「苦しんでいる人を運ぼうと急いでいるときに、なぜそんなことをする必要があるんですか？」

深山の問いかけに、太田も重盛も、何も言い返せなかった。

「理由はただ一つ。事件が起きた後、誰かがガレージに行ったということです。薬品を手に入れるために」

深山の話を聞いている村人たちも、静まりかえっている。

「それと……どなたか、事件の後でここにあったワイン樽を入れ替えていますよね？」

「え……」

村人たちは互いに顔を見合わせた。

「お願いします」

先ほど帰ったはずの劇団員が、村長が挨拶したステージのほうから、布をかけた一つのワイン樽を運んできた。

「ありがとうございます」

穂乃果は布を外して樽を示した。

「これは事件後に警察が実際に押収した山本さんの薬品が入っていたワイン樽です」

深山が言うと、村人たちはざわついた。

「ここを見ていただけますか？」

深山は樽の横を指さした。たしかに、数センチの幅でへこんでいる傷跡がある。

「この傷は、村長が鏡割りのときに木槌で樽を叩いてできた傷です」

村長がボケて、樽の横を叩いたときのものだ。

「……保管しているときにできたものじゃないですか？」

上原が言った。

「私もそう思います」

山田も同意した。

「いえ」

深山はすぐに否定した。

「藤野さん」

そして藤野を呼んだ。

「はい」

藤野がノートパソコンを持ってきた。そして、樽の横に置いた。

「事件直後に実際に傷が付いていたことは当時の映像で確認済みです。見てください。傷の形がぴったりと一致しています」

深山はパソコン画面をさした。

村長が鏡割りで樽を叩くシーンが再生されている。画面を停止すると、そのときにできた映像の中の傷の形がわかる。それは、横に置いてある樽の傷とぴったりと一致していた。

「警察はここにあったワイン樽を押収しました。でもそれは、本来ワイナリーの中にあった樽です。それがなぜ、ここにあったんですか？」

深山は村人たちを見回した。

「事件後に、誰かがここにあった樽を中にあった樽と入れ替えたからです。……違いますか？」

問いかけられた村人たちはお互い顔を見合わせた。だが、誰もが口をつぐんでいる。

「どうして？　なんでみんな黙ってるんだ」

守は問いかけた。でもみんな、後ろめたそうに守から目をそらす。

「あなたたちには、樽を入れ替えなきゃいけない理由があったんですよね？　山本さんに罪を着せるために、樽に入った毒物を山本さんの薬品に入れ替える必要があった」

重盛は押し黙りながら苦渋の表情を見せた。

「そうまでして守りたい人がいた。そうとしか考えられません。そう考えればすべてのつじつまが合います」

深山は言葉を続けるが、村人たちはうつむいたままだ。

「事件当時の映像で鏡割りのとき、山本さん以外に映っていなかった人物がこの村にはまだいました。それがこの人物です」

深山は再生ボタンを押した。

そこに映し出されたのは、会場内を走り回る子どもたちだ。

「十五年前、ワイン樽に毒物を入れたのはこの子どもたちじゃないですか?」

深山は村人たちを見回した。

「やめろ!」

重盛が声を上げた。守はうろたえながら、重盛を見ていた。

「この子どもたちは二年前に村を出た圭太くん、そして守くんです」

深山の言葉に、村人たちは言葉を失った。

「毒物を、俺が……?」

守は顔色を失い、立ち尽くしている。

「馬鹿なことを言うな!」

太田は深山を怒鳴りつけた。だが……。

「……太田さん。太田さん、もうやめましょう」

先ほどは大きな声を上げた重盛だが、観念したように帽子を脱いだ。そして、言った。

「申し訳ありません……おっしゃる通りです。薬品を入れたのは、私の息子の守と、友だちの圭太くんです」

――十五年前。

守と圭太は大人たちがいない間に、倉庫に入っていった。

「これを入れるとおいしくなるんだよ。すごいでしょう」

さまざまなものが置かれている倉庫の中で、守は古めかしい薬瓶を手に取りながら、得意げに圭太に言った。

そして薬品の入った瓶を持って、また表に駆け出していった。

そして子どもたちは栓を開け、樽に注いだ――。

「入れられた薬品は山本さんのものではありません。このワイナリーの倉庫に置きっ放しにされていたもので、何人かの大人が倉庫に入っていく子どもたちを見ていて、事件の後、確認したら倉庫にあったはずの薬品が空き瓶になって転がっていたんです」

重盛の言葉を聞き、守は地面に膝をついた。

「私がいけないんだ。おまえには薬品のことを『おいしいワインを造る薬なんだよ』と言っていたから……」

重盛は守に言った。

「もういい。すべて私が提案したことだ。子どもたちの将来も考えて、山本に罪を着せたんだ」

太田が口を開いた。

「山本と奥さんが病院に搬送している間にワイン樽を入れ替え、山本の家から薬品を盗み、ワイン樽に混入した。グラスに残っていた毒物ワインの中身を入れ替え、もう一つのワイン樽も解体して雑木林に捨てた」

「……すみません……本当に申し訳ありません。村のみんなも……みんな、本当に申し訳ない」

重盛は詫びた。

「守もすまなかった。おまえのために黙っていた。私にはこうするしかなかったんだ……」

「……父さん……」

守はそれだけ言葉を発するのが精一杯だった。

「すまない」

意を決したように、太田が深山たちに語りかけはじめた。

「子どもたちに罪はない。すべて大人たちが悪いんだ……しかし、守や圭太の人生を考えると……」

太田は深山を見て言った。

「このこと、黙っておくわけにはいかないだろうか」

「ふざけるな！」

その瞬間、それまで黙っていた南雲が激高し、太田につかみかかった。

「南雲先生！　南雲先生！　暴力はダメだ！」

佐田が制したが、南雲の気持ちはおさまらない。

「ワインを飲んだ被害者だけじゃない。無実の罪で下された死刑判決で、山本さんも奥さんも愛するエリを！　娘を残して死んでいったんだぞ。その二人の苦しみが……残された娘の苦しみが、あんたらにわかるのか！」

南雲は叫んだ。その視線の先には重盛と守がいる。それも親子の姿で……。

「あの子は、本当なら今でも実の両親と幸せに暮らしてたんだ！」

南雲の叫びは嗚咽(おえつ)に変わった。

「あの子の幸せを奪ったんだ！　あんたたちが、あの子を――」

「……すみません……すみません……」

守は立っていることができず、その場に崩れ落ちた。

南雲は激しく、守は静かに、泣いていた。

「みなさん、再審請求、これを行えばこのことはすべて公になります。あなたたちは罪のない人たちに大変な苦悩を背負わせました。その事実は変えられない」

佐田の言葉を聞きながら、深山は空を見上げた。さっきまで晴れ渡っていた空は、雨雲に覆われている。そして、雨が降ってきた。

「……空が泣いてら」

深山はつぶやいた。

10

数日後――。

深山はラグビー場で、自作の弁当を食べながら、少年たちのラグビーの試合を見ていた。緑の芝生の上を躍動する、赤いユニフォームがまぶしい。

「お孫さん、大きくなりましたね」

深山は隣に座っている斑目に声をかけた。深山が斑目の事務所で働きはじめた頃、一度ここで一緒に斑目の孫の試合を見た。当時はまだ小学生だったが、あれから五年ほどが経ち、もう大人に近い体格になっている。

「おいしいねえ、この卵焼き。深山先生の料理は食べた人を幸せにしてくれる」

斑目は実においしそうに卵焼きを食べていた。

「……そうですかねぇ」

深山は試合を見ながらつぶやいた。前にここに来た日は父・大介の命日だったので、深山が墓参りに行くのだと思った坂東が、アフロヘア風に海苔を貼ったおにぎりを握って持たせてくれた。でも今日の弁当は深山の手作りだ。

「再審請求は通ったが、犯人隠避などの罪は時効が成立。村の人たちは誰も罪に問われることはなかったね」

斑目はラグビーを見ながら言った。

「それに、守くんのこともある。彼には辛い事実だった」

そのことは、深山も気になっていた。

「たしかに、事実を追及するのが正しいことなのかどうか、それは難しい問題だ」

斑目の言葉に、深山は言葉を返さず、黙って試合を見ていた。

「事実で人を幸せにできるかどうかはわからない。でもね、一つだけ言えることがある。嘘で人は救えない」

斑目はぱくりともうひと口、卵焼きを口に放り込んだ。

「本当にこの卵焼き、おいしいねえ。実に丁寧な仕事だね」

「……僕にできるのは、それだけですから」

深山の言葉に、斑目はほほ笑んだ。

と、スマホが震える音がした。

「僕じゃないよ」

斑目が自分のスマホではないと言う。

「僕でした。もしもし？」

深山は電話に出た。かけてきたのは、守だった。

＊

いつもの仕事着姿の穂乃果は、コンサートホールに向かっていた。芝生に囲まれた、森の中のコンサートホールのような、実に素敵な場所だ。ホールに近づいてくると『南雲エリ　ピアノコンサート』のポスターが掲示されている。無事にコンサートは開催され、多くの観客が、ホールに向かって歩いている。

「おう、河野。来たのか」

声をかけられて振り返ると、佐田が歩いてきた。

「あっ、佐田所長」

「うちのカミさんと娘」

佐田は由紀子とかすみを紹介した。

「佐田所長のもとで弁護士をしています。河野穂乃果です」

「佐田がお世話になっています。妻の由紀子です」

「父がお世話になっています。娘のかすみです」

上品な服装に身を包んだ二人が、穂乃果に会釈をした。佐田もピンクの麻の上着を羽織り、自慢の美しい母娘の横で誇らしげに立っている。

「かわいい娘さんじゃないですかぁ！」

穂乃果は佐田に言った。佐田は照れくさそうに相好を崩した。

「深山はどうした？」

「今日はついてくるなって言われました」

金魚のフンのようにまとわりついている穂乃果だが、この日はきっぱり断られたのだ。

「どうせ来ても寝るだろうからな」

佐田は歩きだそうとしたが、ふと足を止めた。穂乃果もなんとなく視線を感じて振り返ると、南雲が立っていた。

「南雲先生……」

穂乃果は声を上げた。

「南雲先生！　入らないんですか？」

佐田は南雲に声をかけ、近づいた。

「あなた、これまで裏でしてきたこと、弁護士会に洗いざらい申告したそうですね」

佐田が尋ねると、南雲は無言でうなずいた。

「……私はずっと、山本さんを救えなかった無力な自分から目をそらしてきた。エリのためだと自分に嘘をつき続け、弁護士としての道を踏み外してしまったんだ。エリに会う資格はない」

南雲はそう言うと、佐田に背中を向け、歩きだした。

「逃げるんですか」

穂乃果が声をかけると、南雲は立ち止まった。

「南雲先生は、エリさんが今、どう思っているのか、ちゃんと話したんですか」

穂乃果は問いかけた。

「私は父親失格だ。今さら話をしたところで無駄にしか……」

南雲はうつむき、また立ち去ろうとしたが……。

「Ｃｏｏｌ（クール）　ｄｏｗｎ（ダウン）！　南雲先生」

穂乃果はなぜか上から言った。

「無駄かどうかは、ビシ！　話してみないとわからないンデス！」

そして、人さし指と中指で南雲を指し、いつものポーズを決めた。

「ちゃんとしたこと、せっかく言ってたんだから、これなしでもできるでしょう？　下げなさい！」

佐田は穂乃果にポーズを崩すように命じてから、南雲に改めて向き直った。

「南雲先生、過ちを犯したって言うんだったら、そのことを肝に銘じてもう一度やり直せばいい。エリさんともちゃんと向かい合うべきだと思うぞ」

そう言うと、佐田は腕時計に目を落とした。

「時間です。行きましょう」

佐田は歩きだした。

「私の師匠は言った。八ヶ条の八『あきらめたら事実は見えない』。失礼します」

穂乃果はそれだけ言い残し、小走りで佐田を追った。

「おまたせ」と佐田が声をかけると、すこし離れたところで待っていた由紀子とかすみが、佐田の両脇に並んで歩きだした。

「パパも案外、良いこと言えるんだね」

かすみは佐田を見上げた。

「聞いてたのか。そりゃおまえ、娘のことを誰よりも愛している父親だからな、俺は」

佐田は口元をゆるめた。

「誕生日は忘れるくせにね」

由紀子が言う。

「いいじゃないか、おまえ……」

言い訳をしようとした佐田の腕を、かすみが取った。

「次の誕生日、すごいもの買ってもらうから」

「任せとけ！　何がいい？」

かすみと腕を組んだ佐田は、うれしくて顔が崩れっぱなしだ。由紀子も反対側の腕を組み、三人は寄り添いながら歩いていった。

南雲はそんな三人の後ろ姿を、見送っていた。

＊

オーケストラが協奏曲を奏でる中央で、エリはピアノを演奏していた。

遅れて入ってきた南雲は、エリの演奏に包まれた途端、胸がいっぱいになった。佐田たち、そして穂乃果はその素晴らしい演奏に聴き入っている。南雲は佐田たちの斜め後ろに着席した。

いつもは結んでいる髪を下ろして額を出し、淡いピンク色のドレスを着てスポットライトを浴びるエリは、まばゆいほどに美しい。

――エリを見つめているうちに、南雲の脳裏に十数年のエリとの日々が鮮やかに浮かび上がってきた。

「パパ～、これ」

幼いエリが、仕事中の南雲に駆け寄ってきて、画用紙を差し出した。その頃は戸惑いながら不器用にエリに接していたのに、画用紙に描かれた南雲は色鮮やかで、明るい笑顔を浮かべていた。エリの目に、自分はこんなふうに映っていたのか……。

南雲はエリを抱きしめた。

今でもはっきり覚えている。

あれが、エリを守っていこうと心に決めた瞬間だった。

中学生の頃は、お小遣いを貯めて誕生日にプレゼントをしてくれた。

「誕生日おめでとう」

エリはプレゼントの箱を差し出した。

「ありがとう、開けていいか」

照れくさい思いで、南雲は箱を開けた。

プレゼントは青いストライプが入った赤いネクタイで『お父さんお誕生日おめでとう。いつも優しいお父さんが大好きだよ』とのメッセージが添えてあった。南雲が鼻の奥がツンとしてくるのを感じていると、

「ケーキ切ってくるね」

エリは照れくさそうな顔をして立ち上がり、台所に向かった。

ピアノのレッスンを頑張る傍ら、エリは家のこともよくやってくれた。料理の腕もめきめきと上がっていった。南雲が苦手なニンジンをどうにか克服させようとするなど、ときに南雲と立場が逆転したようなところもあった。

「あ、嫌いだからってニンジンよけない」

ある晩、肉じゃがのニンジンをよけていると、エリに注意された。

「えっ？　今日は、ちょっと」

「せっかく作ったのに」

エリに可愛らしくにらまれ、南雲はニンジンを食べた。

「うん……おいしい……」

柔らかく、よく味が染みていて、苦手な南雲でもおいしく食べられた。肉じゃがのニンジンを完食した南雲を見て、エリは満足そうに笑っていた――。

エリの華奢な指が鍵盤を力強く叩き、演奏が激しさを増していく。

曲はクライマックスにさしかかった。

南雲は、この日、つけてきたプレゼントの赤いネクタイを握りしめた。

いつのまにか頬には涙が伝っていた。

エリは腕を振り上げ、最後の力をふりしぼり、鍵盤を叩いた。

そして、演奏が終わった。

会場内を静寂が満たす。

そして、沈黙を破るように、南雲は拍手を送った。拍手は会場中に広がっていった。

「ブラボー!!」

佐田も目に涙をためながら、立ち上がって拍手を送っている。

エリはホッとしたように、ほほ笑んだ。立ち上がって会場に頭を下げ、壇上から南雲と目が合うとにっこりと笑いかける。南雲は拍手を送りながら、エリに笑い返した。

＊

深山は守と落ち合い、山本の墓にやってきていた。街の中にあるこぢんまりとした墓地だ。

「……ありがとうございます。一緒に来ていただいて」

「うん……」

深山は短くうなずき、二人で山本の墓を捜して通路を歩いた。墓地の奥までやってきたところで、守が足を止めた。白いシャツに白いベスト、チェックのスカートという制服姿の女子高生が『山本家之墓』の前にしゃがみ、目を閉じて手を合わせている。

――エリだ。

しばらくすると、エリは目を開けた。そして、深山に気付き、会釈をした。守は反射的に、深く頭を下げた。

守に気付いたエリは立ち上がり、うつむきがちに歩いてきた。深山は、いつまでも頭を下げている守の肩をトンと叩いた。そして顔を上げた守に、エリを見るように促して、墓に向かっていった。

近づいてきたエリは、ただ立ち尽くす守に穏やかな表情のまま会釈をして、立ち去った。

同じ村に生まれ、守られた子どもと守られなかった子ども。二人の運命が交差した瞬間だった。

守はあふれる涙をこらえ、エリの背中に向かって再び深く頭を下げた。

深山は二人を見て、いろいろな想いを噛みしめていた。

そして、深山は山本の墓に報告をした。

「……十五年経ってしまったけど、事実を見つけることができました。エリさんも、前に進みはじめましたよ」

＊

それから数日後、深山は裁判所内を歩いていた。

「深山先生！」

声をかけられ、振り返ると、黒いパンツスーツ姿の舞子がいた。

「お久しぶりです」

斑目法律事務所で弁護士として一緒に働いていた頃はショートカットだった舞子は、ロングヘアを一つにまとめている。

「聞きましたよ、再審請求が通ったって」

舞子は笑顔で近づいてきた。

出会った頃は表情も硬く、いつも思い詰めているような様子だったが、ずいぶんと印象が変わった。

「そう」

久しぶりに顔を合わせたというのに、深山は実にあっさりと言葉を返した。

「私、一度弁護士を経験して改めて気付かされました。そもそも、検察のほうが有利に証拠収集ができて、弁護士は弱い立場のなか裁判で闘わなくてはいけない。私たち裁判官はそのことを認識して事件を見極めなければいけないんだって」

もともと裁判官だった舞子は、弟が窃盗事件を起こしたことで、裁判官を辞めた。司法の世界から離れていたのだが、友人の父の弁護依頼のために斑目法律事務所に付き添いとしてやってきて、それをきっかけに佐田にスカウトされ、弁護士として働くことになった。優秀で論理的な舞子は、深山のやり方を理解するのに時間がかかった。

だが、その後、弟が新たに殺人事件の容疑者として疑われた際、弟は舞子よりも深山に心を開いた。以前の窃盗事件の際、弟は無実を主張していたのに、舞子は被害者との示談を成立させた。それ以来、舞子を拒絶していたのだ。

深山は舞子の弟の無実を証明し、さらに以前の窃盗事件にも関わっていないことをつきとめた。そんな経緯もあり、たった一つの事実を徹底的に追及する深山のやり方を、舞子は次第に受け入れるようになっていった。そして司法のあり方を見つめ直した舞子は、再び裁判官に戻ったのだった。

「見極める……」

深山は舞子の言葉を繰り返した。

「そうだ。川上さんのことは聞きました?」

「いや」

「川上さん、辞表を出しました」

舞子は言った。辞めると聞いた後、舞子は裁判所の廊下で川上を見かけた。「川上さん!」と呼び止めると川上はゆっくりと振り返り、何も言わず、笑みを浮かべて去っていったのだという。

「川上さんがどういう思いで裁判所を去ることにしたのか、私にはわかりません。でも、私は私なりに司法への信頼を実現していこうと思っています」

「ふ〜ん」

「ふ〜んって。本当に人のこと、バカにしてますよね」

舞子は腹を立てた。

「バカにしていませんよ、裁判長」

深山は舞子がいつもやっていたように、両手を組んで親指と人さし指をカエルの口に

思いつめると舞子は、中学時代に腹話術部だった舞子は、思いつめる

見立てて動かし、腹話術の声で言った。中学時代に腹話術部だった舞子は、思いつめるとよくそうやって「ゲコ」「ぴょん」などと言いながら心情をつぶやく癖があった。それを深山によくイジられていたのだ。

「もういいです！　それじゃあ、みなさんによろしく」

舞子は肩を怒らせ、去っていった。

「お待たせしました。行きましょうか」

舞子が立ち去り、穂乃果がやってきた。

「うん、行こうか」

深山は腹話術の声のまま、言った。

「え？　いっこく堂？　マイブームですか？」

穂乃果は首をかしげながら、ついてきた。

「買ってきたよ『週刊ダウノ』、ほら！」

藤野は刑事事件専門ルームのテーブルに、ポンと週刊誌を置いた。

「表紙！」

「え～」

明石と中塚は表紙の佐田の写真を見て声を上げた。

「バーン！」と藤野はページをめくり、見開き記事を出した。

『〇・一％に挑み、再審請求を通した稀代の法律事務所、斑目法律事務所特集！』という見出しで佐田が満面の笑顔で写った写真と、インタビュー記事が載っている。

「刑事事件ルームのメンバーは、『メンバー』と言うより『名馬』ぞろい。カッコ爆笑……ぶははは……」

藤野は記事に書かれている（爆笑）を「カッコ爆笑」とそのまま読み上げながら、佐田の格好つけた発言に、自分も爆笑していた。

「刑事事件専門ルームのこと、べた褒めしてますね」

「ついこの間まで潰すって言ってたのに」

中塚は信用していない。

「ホント、勝手おじさん。落書きしてやろう」

明石がペンを取り出して落書きしだしたとき、

「お疲れさまです」

深山と穂乃果が戻ってきた。深山は自分の机に直行してデスクで飴を選び、穂乃果も真似して、自分のデスクで飴を選んでいる。

「見てください。ダサ先生です」

藤野がたくさんいたずら書きされた佐田のグラビア写真を見せたとき、その本人が入ってきた。

「やあ、刑事事件ルームの諸君！　先日はご苦労だったね。もう、おかげでこれだよ」

佐田は左うちわをパタパタ扇ぐ仕草をしている。

「苦労したのはダサ先生のせいですけどね」

深山は言った。

「ダサじゃない。佐田だ！　おまえなあ、本当にいいかげんにしろよ」

「Ｃｏｏｌ　ｄｏｗｎ！　佐田所長」

穂乃果が言ったところに、内線が鳴った。

「出ま～す」と中塚が受話器を取る。

「今度こそやりましょう、いつものやつ」

穂乃果は佐田に声をかけた。

「おまえは民事……」と佐田は言いかけた。

「いつものやつ」とは佐田は事件が解決したときに、握手をする習慣のことだ。だが、穂乃果の最初の事件が解決したとき、佐田は穂乃果の握手の求めに応じなかった。あくまで民事の弁護士として穂乃果を受け入れたつもりだったからだ。

しかし、今日の佐田は少し思うところがあったようだ。

「今回だけは特例だぞ！」

佐田は手を差し出し、穂乃果と握手を交わした。

「ありがとうございます」

穂乃果が礼を言い、藤野たちは拍手をした。

次に、穂乃果は深山にも右手を差し出した。

「ごめんなさい」

深山は頭を下げた。

「やってあげなさい！」

佐田は深山に命じた。この間は佐田も穂乃果に応えてあげなかったし、ちょうど握手をしようとしたタイミングで新しい依頼人から電話がかかってきて深山がそそくさと出ていってしまい、誰も握手を交わしていないのだ。

「師匠！　師匠！」

穂乃果も必死だ。

「出してんだから、手を！」

佐田がもう一度言うと、深山は穂乃果と握手をした。

「ありがとうございます」

穂乃果が言い、また藤野たちが拍手をした。

そして残るは、深山と佐田だ。

深山はチラリと佐田を見た。佐田がこくりとうなずき、右手を出した。深山も手を出したが……チョキだ。

「いいから、それは……ほら、早くいつもの、早くしろ！」

佐田が照れ隠しに怒った声を上げ、二人もがっちり、握手を交わした。

そんな二人が握手をする姿がうれしくて、穂乃果がにっこり笑ったそのとき——。

「佐田所長、ヨシツネ自動車の若月会長がお見えだそうです」

電話を切った中塚が言った。

「なんだと？　どうしていつもこう急なんだ」

佐田は急いでホワイトボードを消しはじめた。

「あ〜、もう二度と書きませんからね」

ホワイトボードに清書する係の中塚はむくれた。

「河野！　企業買収の資料を出せ！」

佐田は穂乃果に命じた。

「はい！」

そして穂乃果は部屋の外に『超民事ルーム』のプレートを貼った。

「若月会長、会議室『B』に通すように言ってね」

佐田が中塚に命じた。

「お願いします！」

穂乃果も叫ぶ。

慌ただしい二人に、パラリーガルの三人は首をかしげた。

そんなみんなの様子をニヤニヤと見ていた深山は一人、部屋を出た。

「くそ〜」

佐田は嘆きながら、深山を追い越して走っていった。穂乃果もその隣を全力で走っていく。

深山は耳を触りながら、悠然と廊下を歩いていた。

Cast

深山大翔 ……………… 松本潤
佐田篤弘 ……………… 香川照之
河野穂乃果 ……………… 杉咲花
明石達也 ……………… 片桐仁
藤野宏樹 ……………… マギー
中塚美麗 ……………… 馬場園梓
落合陽平 ……………… 馬場徹
佐田由紀子 ……………… 映美くらら
坂東健太 ……………… 池田貴史
加奈子 ……………… 岸井ゆきの

○

南雲恭平 ……………… 西島秀俊

○

重盛守 ……………… 道枝駿佑（なにわ男子）
南雲エリ ……………… 蒔田彩珠

○

立花彩乃 ……………… 榮倉奈々
尾崎舞子 ……………… 木村文乃
丸川貴久 ……………… 青木崇高

○

重盛寿一 ……………… 高橋克実
若月昭三 ……………… 石橋蓮司

○

大友修一 ……………… 奥田瑛二
川上憲一郎 ……………… 笑福亭鶴瓶
斑目春彦 ……………… 岸部一徳

MOVIE STAFF

監督 ……………………………… 木村☺ひさし

脚本 ……………………………… 三浦駿斗

トリック監修 …………………… 蒔田光治

音楽 ……………………………… 井筒昭雄

企画 ……………………………… 瀬戸口克陽

エグゼクティブプロデューサー … 平野隆

プロデューサー ………………… 東仲恵吾　辻本珠子

制作 ……………………………… 『99.9 -刑事専門弁護士- THE MOVIE』
製作委員会

制作プロダクション …………… TBSテレビ

配給 ……………………………… 松竹

BOOK STAFF

映画脚本 ………………………… 三浦駿斗

ノベライズ ……………………… 百瀬しのぶ

ブックデザイン ………………… 市川晶子（扶桑社）

DTP ……………………………… Office SASAI

企画協力 ………………………… ＴＢＳテレビ　メディアビジネス局
映画・アニメ事業部

『99.9』—刑事専門弁護士—
THE MOVIE
発行日　2022年1月20日　初版第1刷発行

映画脚本　三浦駿斗
ノベライズ　百瀬しのぶ

発 行 者　久保田榮一
発 行 所　株式会社 扶桑社
〒105-8070　東京都港区芝浦1-1-1　浜松町ビルディング
電話　(03) 6368-8870(編集)
(03) 6368-8891(郵便室)
www.fusosha.co.jp

企画協力　株式会社TBSテレビ メディアビジネス局
映画・アニメ事業部

印刷・製本　中央精版印刷株式会社

定価はカバーに表示してあります。

造本には十分注意しておりますが、落丁・乱丁(本のページの抜け落ちや順序の間違い)の場合は、小社郵便室宛にお送りください。送料は小社負担でお取替えいたします(古書店で購入したものについては、お取替えできません)。

なお、本書のコピー、スキャン、デジタル化等の無断複製は著作権法上の例外を除き禁じられています。本書を代行業者等の第三者に依頼してスキャンやデジタル化することは、たとえ個人や家庭内での利用でも著作権法違反です。

© Hayato Miura 2022／Shinobu Momose 2022
© 2021 "99.9 Criminal Lawyer THE MOVIE" Film Partners
Printed in Japan
ISBN978-4-594-09011-1